ママはきみを殺したかもしれない

樋口美沙緒
Misao Higuchi

幻冬舎

ママはきみを殺したかもしれない

目次

三十四歳、初夏

眼の前に、我が子がいた。

それもまだ一歳ごろの、赤ちゃんの悠《ゆう》が。

私は悠を抱き上げて、腰につけた抱っこ紐の中へ入れようとしているところだった。

あたりはやわやわとした朝の光に満ちて、静かだ。

見覚えのある部屋は、悠が二歳になるまで住んでいたマンションの居間だった。キッチンカウンターの奥に狭い台所があり、十二畳ほどのダイニング兼リビングには、ジョイント式のクッションマットが敷いてある。

私はじっと、我が子の顔を見つめる。赤ちゃんの眼は独特に美しい。黒目も白目も透き通った水晶玉のよう。そのまん丸い瞳を覗きながら、私は夢を見ているのかな、と思った。

でもそのとき、悠のつむじから淡く立ち上る乳幼児特有の、乳と汗と、肌のぬくもりそのものを含んだような香りが鼻腔をくすぐって、私の中の本能が激しく蠢《うごめ》いた。

この生き物の匂いを忘れるわけがなかった。毎日抱っこ紐に入れて歩いていたころ、少し顔をうつむけると、鼻先が悠の柔い産毛に当たって、つむじから鼻いっぱいにこの香りがした。

匂いを嗅いだとたんに湧き上がってくる衝動的な愛しさに、歯を食いしばるほどだったのを覚えている。
私は確信した。
――時間が巻き戻ったんだ！
もう一度、子育てをやり直せる。
そうしたら悠の、「ちゃんとしたママ」になれるかもしれないと――。

四十歳、冬

朝、顔を洗って視線をあげると、洗面台の鏡には、四十歳の私が映っていた。

頬に手をあてる。張りの緩んだ、ふにゃっとした肌が指に乗る。

三十八歳を過ぎたあたりから、急に容色の衰えがきた。皮膚がたるみ、あちこち黄ぐすみしているようでもある。

若いころはそこそこ、美人だと言われた。生まれつき眼が大きくて二重だったし、華奢な体格でかわいいとよく褒められた。でも今は、ほうれい線と口元のたるみが気になる、中年女性という感じ。少なくとも若々しくはない。

我知らず、ため息が出る。これ以上鏡を見ていたくなくて、化粧水とクリームは適当につけた。

五年前に購入したマイホームは、ごく平均的な二階建ての建売住宅で、洗面所と風呂は二階部分にある。私は毎朝七時過ぎに起きると、ベッドルームから洗面台へと直行し、顔を洗い、適当にスキンケアをして、パジャマのまま一階へ下りるのだ。

一階には、キッチンとダイニング、リビング、四畳の和室がある。

ダイニングに入ると、四人掛けのテーブルで、七歳の息子が朝食をとっていた。

「悠くん、おはよ」

声をかけても、悠は正面のモニターで見ているYouTubeに夢中で、すぐには気づかない。これは毎度のことなので、もう一度近くに行き「悠くん、おはよう」と耳元で声をかける。息子はやっと私を振り返り、「おはよ、ママ」とにっこり返事をするけど、すぐにまたモニターへと視線を戻した。

画面に気を取られ、あまり進んでいない朝食を見ても、眼を合わせたときの笑顔と、YouTubeを見ながら無邪気にくすくすと笑っている声が私の耳の奥を転げるのが、このうえなくかわいいから怒れない。

七歳になっても、身長百五十八センチの私の胸の下までしか背丈のない小柄な悠は、柔らかい猫っ毛の髪で、それが丸い頭を覆っている。大きな瞳は長い睫毛《まつげ》に縁取られ、親の欲目を抜いても整った顔だちをしている。

私は悠を後ろから抱きしめて、つむじに鼻先をくっつけた。毎朝の、私の儀式みたいな行為だ。

石けんと汗が混ざったような、悠の肌の匂い。赤ちゃんのころの匂いが、まだ奥の奥にうっすらと残っている気がして、ついつい探す。

まだ七歳だから、私が抱きしめても悠は嫌がらない。でも外では周りの目を気にして、手を繋ぐのを拒むようになったし、抱っこをせがむこともなくなった。せめて家の中だけでも、一体あと何年、こんなふうにくっついても拒絶されないでいられるのだろう。その残り時間の短さを想像すると、いつも憂うつに、淋しくなる。

「美汐《みしお》ちゃん、おはよう。今日寒いね」

キッチンでは、五歳上の夫、晶《あきら》くんが、家中のゴミ箱をかき集めて大きなゴミ袋に空けているところだ。私は「おはよう、ほんと冷えるね」と、挨拶を返しながら流し台に立ち、昨晩からの洗い物を片付けていった。

「ゴミ、ありがとうね」

「どういたしまして。あ、洗い物やるよ」

「晶くんはなんでもやっちゃうからなあ、いいよ、これくらいさせて」

ゴミ袋の口を結びながら、「そういえば美汐ちゃん」と、晶くんが言う。

「三日後の学校の面談、やっぱり会議入っちゃうから行けないや、ごめん」

「あ、分かった。私一人で行ってくるね」

ありがとう、よろしく、と言われていいえいいえ、と返す。私と晶くんの夫婦仲は良好。お互いに、なるべく相手にありがとう、と言うことを心がけている間柄だ。

流し台に立つと、カウンターを挟んで悠のいるダイニングテーブルが見える。

その向こうには庭に面したサッシ窓があり、カーテンを開け放っている今、冬の朝の淡い光が、静かに我が家へ差し込んでいた。庭に植えた、常緑のモッコウバラの緑が、清々しく眼に映る。

我が家は程よく田舎の東京郊外に一戸建てを持っていて、車もある。共働きだから家計には余裕があるし、夫婦仲もいい。息子の悠はマイペースすぎることが問題だけれど、学力が異常に低いということもなく、穏やかでおとなしく、素直な気性だと思う。

心配はいろいろあるが、普通に考えたら、うちは幸せな家族と言われるだろう。たぶん。

そして家族が幸せなら、私も幸せなのだろう。たぶん。

洗い物を終えて悠を見たら、小さな口をぱかんと開けたまま、手に持ったパンを食べることすら忘れた様子で、YouTubeに集中していた。

私はカウンター越しに声をかける。

「悠くん、朝ご飯食べて。ほら、パン口に入れて」

悠はのんびりとした性格がゆえに、放っておけば食事に一時間でも二時間でもかけてしまう。映像を見ながらだと余計に遅い。普段夕飯時はテレビを消すが、朝だけは両親ともにずっと相手をするのが難しいから、孤食になるのがかわいそうで、ついついYouTubeに頼ってしまう。

はあ、駄目な母親。ここで一つ、落ち込む。

「ほら、もうすぐ学校行く時間になっちゃうよ。着替えもあるんだから早く」

流し台から悠の近くに回って再度急《せ》かすと、悠はぱっと顔をあげた。

「ねえママ、地球の重力が今より半分だったらどうなると思う？」

宇宙の雑学系動画を見ていたからだろう、大きな黒い瞳を輝かせて、そう訊いてくる。

悠はいつもこんな調子だ。口を開けば自分の好きな、宇宙や恐竜に関する、空想めいた話ばかりしてくる。私の言葉がすぐに通じることはあまりない。

「どうかなあ。悠くん、パン食べちゃって。ベーコンは？　食べないの？」

「もし火星に生き物がいるとしたらママはどんなのがいい？　ほんとじゃなくていいから、火星にいる生き物考えるごっこしようよ」

「悠くん、その遊びはご飯食べてからにしよう。時間がないの」

ここでやっと、悠が不服そうに「はあい」と返事して、食べるのを再開した。私は心の中でため息をつく。

悠の朝ご飯はトーストに玉子焼き、ベーコン。きれいに剝かれたりんご。牛乳。

それらは、悠が赤ちゃんのときから使っているル・クルーゼのプレートに並んでいる。

華やかでも特別でもない、普通の朝ご飯だ。少なくとも、今朝なに食べた？　と悠が学校で先生に訊かれて答えたとしても、あそこのママは駄目ね、と思われるほどひどくはない。

でも、この朝食を作ったのは私ではなく晶くんだ。

私は生まれつき低血圧で朝にとても弱い。会社勤めをしていたころは、毎日苦労しながら起きて、満員電車の中でずっと具合が悪くふらふらしていた。

でも最近、晶くんの会社はリモートワークを推奨するようになった。在宅勤務になった晶くんは、朝食は僕が担当するよと言ってくれた。

私はもう十年前にはフリーランスに転向したけど、幼い子どもがいれば朝は無理やり起きなければならないから、正直、ものすごく助かっている。

おかげでゆっくりと起きられて、ふらふらせずに朝を過ごせる。

でも……、と、私はたまに思い出す。

ほんの数ヶ月前まで、私は毎朝、げっそりしながらも子どもに目玉焼きを焼いていた。半熟ではないと食べてもらえないから、黄身に細心の注意を払っていた。トーストが焼けると、「悠くん、なにつける？　バターだけ？　ジャム？　お砂糖？」と、いちいちお伺いをたてていた。

悠はかなりの偏食家なので難しい。気分によっては、昨日食べていたものでも今日は食べないと言ったりする。飽食の時代の子どもだからか、一食二食抜いても平気で、ちゃんと食べないならおやつはなしね、の脅し文句もあまり効かない。

おやつがなければないで、牛乳をパック一本飲みきって腹を満たしてしまう。

塗るのがバターでもジャムでも砂糖でも、パンの耳の端の端まで、均一に丁寧に塗らないとどこかが残される。だから職人みたいに、バターナイフを使ってきれいに塗って、ご希望のパンを出していた。

野菜を食べない子だし、無理に食べさせても吐いてしまうから、せめてと果物を添えるが、朝からりんごを剝くのが辛い。たったそれだけのことが辛い。だからどうにも無理な日は、近くのコンビニであらかじめカットされたりんごやら、冷凍のいちごなんかを買ってきて出していた。

朝食作りは、私にとっては苦行だった。

だから在宅勤務になったことをきっかけに、朝食が晶くんの担当になったときは、ほっとし

た。でも毎日のことだから申し訳なくて、

「朝ご飯、準備大変だよね。ごめんね、ありがとうね」

と言ったら、晶くんは本当になんてことないように、

「全然大変じゃないよ。切って焼くだけだから」

と返してきた。

そっか。私には剝けないりんごも、晶くんは簡単に剝ける。私が死にそうな気分でようやくこなしていたことも、晶くんにとっては大変じゃない。

こんな簡単なことすらしんどいと思うなんて、やっぱり私だけが駄目な親だなと、時々思い出しては落ち込む。

——朝が弱いのは仕方ないじゃない？　体質なんだし。

そんなふうに心の中で自分を擁護したあとに、

——でも病気でもないじゃない。努力が足りてないんでしょ。

と、今度は自分を責める。ばかみたいな繰り言を、ほとんど毎日のように頭の中で続けている。


登校時間が迫るアラームが鳴ると、私と晶くんは二人がかりで悠を支度させる。

「靴下履いて！　あ、トレーナー前後ろ反対だよ！　急いで急いで」

親が慌てていても悠は一つ一つのんびりやる。そればかりかまた、

「ねえねえ、火星にいる生き物、なんにするか決まった？」

などと、先ほどの遊びの続きを促してくる。靴下を履くだけなのに、どうしたらこんなに時間をかけられるのだろう？　一向に焦らない悠を前に、私と晶くんは我が子が遅刻しないかと、毎朝ハラハラさせられている。

やっと悠が出て行くと、その背中が角を曲がって視界から消えるまでの短い時間、夫婦で会話する。

「絶対今日、上着忘れてくるよ。午後からあったかいから」

「また学校の落とし物コーナーに置かれてるの、探しに行かなきゃいけないかもね……」

悠に着せた薄手のダウンジャケットが無事、帰宅時に家に戻ってくるかを、私たちは案じる。

それから、私と晶くんはどちらも家の中で仕事なので、残りの家事を片付けて、それぞれの仕事部屋へこもるのが日常だ。

「今トラブル対応中だから、夜あがれるの遅いかも。ほぼ待機だから時間が合えば下りてこれるけど」

「オッケー」

晶くんはＩＴ企業のシステムエンジニアで、主にシステム運用のマネジメントをしている。なのでリモートワークとはいえ、状況によっては長くパソコンの前に張り付いていなければならない。

先に二階へ上がる晶くんを見送り、私は自分の身支度をした。

朝ご飯はプロテインとトマトだけ。これは自分で用意する。さっと食べ終えると部屋着に着替え、お茶を淹れてから、階段へ足をかける。と、玄関の横にある小窓から、賑やかな声が聞こえてきた。

ちらりと覗くと、お向かいの朝倉さん家からまだ四歳と二歳の子が出てきて、お母さんがママチャリを用意しているところだった。あそこのお家はもう一人お兄ちゃんがいて、悠と同じ小学校に通っている。悠の一つ下の六歳だ。四歳の子は紺色の幼稚園の制服を着て、末の子と一緒にママの足元でじゃれあっていた。

朝倉さんはこれから、子どもを幼稚園に送っていくのだろう。彼女は始終笑顔で子どもたちに話しかけながら、手際よく二人にヘルメットをつけさせている。

「えらいなあ、朝倉さん……ほんと、いいママだな」

思わず、独りごちた。

我が家を含めた近所一帯はみんな似たような間取りの建売住宅で、二十世帯あるうちの半分に、まだ小さな子どもがいた。

でも、三人の子どもがいる主婦は朝倉さん家のママだけだ。

そして、一人っ子のママは私だけ。

——三人産むママが一番えらくて、二人産んだママは一人前。一人しか産んでないママは半人前。

頭の中に、ふっとそんな言葉が浮かび上がった。

誰かに言われたわけではない。自分で無意識に作った言葉。呪いの言葉だと分かっているのに、どうしても気持ちが引きずられる。

一人しか産まなかったし、これからも産まないだろうことを思うと、申し訳ありません、という気分になる。誰に対して謝っているのだろう？　分からないけれど、しょっちゅうそう思う。

自分より、えらいママが羨ましい。私も、もっとちゃんとした、「いいママ」になりたかった。心に湧き上がる声を、必死になって押しつぶす。

——でも私は、仕事しているし。

いやいや、仕事しているママなんていくらでもいる。

——でも、私の仕事は「特別」だし。

そんなわけないだろう、見栄を張って、くだらないやつ。

そんなことを考えるのと同時に、「私にも本当はもう一人、子どもがいたかもしれない」と思う気持ちまでじわっと湧いてきた。私はそこで思考の渦を断ち切って、急いで二階へと上がった。

二階には部屋が三つ。一つが寝室で、残りの二部屋を、私と晶くんがそれぞれ仕事部屋にして使っている。

私の仕事部屋は白の配分が多いモノトーンの落ち着いたインテリアだ。大きな本棚二つに、パソコンデスクと、ラックにはプリンターとファックス。ファックスなんて時代遅れだけど、仕事柄まだ使うことがある。

狭いけれどすっきり片付いた部屋で、パソコンの電源を入れ、しばらくはお茶を飲みながらメールをチェックしたり、ぼんやりと友だちのSNSの更新を見たり。九時を過ぎたらぼちぼち始めるかな、なんて伸びをしてラック上の置き時計を見たりする。

ふと、ラックの最上部に家族写真と一緒に飾ってある小さな盾が眼に入った。

銀色の盾は、真ん中になにかの記章っぽい図が描かれ、冬の朝日をきらきらと反射していた。

その盾を見たとたん、記憶の奥からある人の声が聞こえてくる。

——先生、おめでとうございます！　ドラマアワードの一位、先生の作品が選ばれましたよ！

そう電話をくれたのは、去年一緒に仕事をしたドラマプロデューサーの逢坂《おうさか》さんだった。

私、伊藤美汐はドラマのシナリオを中心に書く脚本家なのだ。

二十八歳でデビューした最初のころは、ラジオドラマなど、どちらかというと世間の目に触れにくいシナリオを書いていた。こつこつと頑張って、地上波のテレビドラマの仕事をもらえるようになった私には、ずっと目標にしてきた賞があった。

視聴者が選ぶドラマアワードの賞だ。私より数年先にデビューして、すぐに八面六臂《はちめんろっぴ》の大活躍をするようになった先輩が最初に獲った賞だから、憧れと尊敬と羨望があった。賞さえ獲れば、私も尊敬する先輩のようになれるかもしれないと思っていた。

だから視聴者に選んでもらえるように、自分の夢を叶えるために――。

私は家族との時間を犠牲にして仕事に打ち込み、作品に魂を込めてきた。

自分が面白いと思えるもの、見る人の心を揺さぶるものをと、常に高みを目指していたし、悠を妊娠したときも、臨月のぎりぎりまで働き、出産してからも産後二ヶ月で復帰した。

「もうちょっと休んでもいいんですよ」と言ってくれたプロデューサーに、「大丈夫です！私、仕事が大好きなので！」と虚勢を張った。

存在を忘れられて仕事がなくなるのが怖かったし、産休に入る前に書いたシナリオのドラマ視聴率が比較的よかったから、波に乗らなければと必死だった。

私は悠を産む前も、産んでからも、ずっと仕事をしてきた。

遠方に住んでいた母が若くして死に、眠れなくなったときも、夫婦喧嘩で涙にくれていたときも、悠が熱を出して、保育園に預けられなかったときも、私はシナリオを書いていた。

――ママ、ごほんよんで。

小さい悠に絵本を読むようねだられたときも、私は仕事を優先した。

――ごめん、ごめんね、悠くん。ママ、仕事があって。ちょっと待ってて。あとで読んであげるから。

私は悠に何度も「ちょっと待ってて」と言ってきた。

構ってほしがる悠に申し訳なく思いながらも、私は仕事をした。週末も、晶くんに悠を任せることが多かった。たまに休みをとっても、平日の疲れから抜け殻みたいになっていて、悠と心ゆくまで遊べたことはあまりない。

悠に対する罪悪感で、胸が張り裂けそうになりながらも、私は仕事の量を減らさなかった。

悠が八ヶ月になったときから、平日は保育園に預けていた。早く迎えに行ってあげたいと思っていたけれど、保育園の退園時間である午後六時までに仕事が終わることはほとんどなく、度々保育時間の延長を申し入れては、午後の七時や八時を過ぎて、罪悪感でいっぱいのまま迎えに行くことも多かった。

真っ暗な夜道を自転車で走っていると、こんなに遅い時間まで悠を放っていたのだ、という後悔に駆られて、時に涙ぐむほど辛かった。

あの孤独は、なんと名付けるべき孤独なのだろう。たぶん働くママの多くが知っているだろうけれど、誰にも語ることのできない気持ち。

悠くんのママは特別仕事が忙しいから、と同じ保育園のママたちに言われると、「忙しいから」の言葉の裏に「子どもより仕事を優先するママ」という意味が隠れているのではと勝手に思い込み、傷ついていた。けれど、それは事実でもあった。

そうやって七年が経って、私が手にしたのがこのドラマアワードの小さい盾だった。

「あー……こんなもんだったんだ……」

盾を見ながら、ぽつりと呟く。

受け取ったとき、最初に感じたのも同じ気持ちだった。こんなもんだったのか。必死になって書いて、書いて、子どもとの時間を犠牲にしてやっともらったものなのに、ひどく軽く思えた。

この盾をもらえたら跳ね上がるほど嬉しくて、やっと報われたと思えるだろう。そう思っていたのに、現実は違った。

――いやいや、ここからでしょ。ここがスタートだよ。まだ深夜枠とかローカル局のドラマばっかりじゃない。もっと大きな賞をもらって、もっと注目されて、大河とか朝ドラとか、月九のシナリオやるんでしょ。それで日本中から、あの人の書くドラマは面白いって思われるのが目標でしょ！

頭の中で、野心家の私がそう言う。

そうね。そうだった。そうなりたいし、向田邦子の再来みたいに言われたいよ。

でも最近の私は、たまに考える。

七年前、悠を産んだときに現われた人生の分岐点で、選ばなかった未来の先。

そっちのほうが、価値があったのではないかって。

それなりに売れっ子で、一部では有名な脚本家の「伊藤美汐」になるよりも。

誰にも名前を知られてなくていい。

ただ、「悠くんのママ」になりたかった。悠くんの、「ちゃんとした、いいママ」に、なるべきだったって。

盾の隣に置いてある、家族写真に眼を移す。私が悠のために使った数少ない休日の時間を、切り取った写真。親子三人揃って公園で遊んだ日の一枚だ。

青々した緑を背景に、私と晶くんに挟まれて、二人と手を繋いだ三歳の悠が、満面の笑みを浮かべている。悠を見つめる私の顔も、飾り気のない笑顔だ。

写真を見ていると、胸が冷たくなり、潰れそうなほどの後悔に襲われる。

こんなに身近なところに幸せがあったのに、私は八年近くもそれに気づけなかった。悠が小さいときに戻って、もっとたくさん遊んであげたい。子どもはすぐに大きくなるのに、悠が私の手を必要としてくれていた大事な時間を、私は無下にしてしまった……。

二度とやり直せないという後悔に耐えきれなくなり、私は立ち上がると、家族写真の写真立てを伏せて、見えないようにした。

「最近はね、若い子はテレビドラマを見ないなんて言いますけど」

逢坂さんが言う。私も苦笑しながら返す。

「ネットフリックスで見てますよね？」

あそこはオリジナルが強いですから……と言って、逢坂さんはため息をついた。

今日私は、珍しく家の仕事場を出て都心にあるテレビ局に来ていた。

女性プロデューサーの逢坂さんは私より八歳年上だけれど、いつも若々しく、大手の制作会社に勤めているだけあってお洒落で、華やかな雰囲気がある。肩までの髪をきれいに流し、目鼻立ちもはっきりとした美人。笑うと笑顔が大きく、赤いリップをひいた唇がくっきりと印象的だ。

逢坂さんは今、私が提出した夏クールのドラマのプロットを見てくれていた。テレビ局というときらきらしたイメージがあるし、たしかにエレベーターで芸能人と鉢合わせしたりはするが、基本的にはオフィスだ。

私と逢坂さんはドラマ制作部署のある四階フロアの、小さな会議室で向き合っている。

去年の終わりごろ、賞をもらった夏ドラマのあと、私は仕事のしすぎが祟って疲れていたのもあり、長いドラマの仕事は入れていなかった。雑誌のコラムや二時間ドラマのホンなど、単発仕事をちょこちょことこなしながら、逢坂さんに「じゃ、また次の夏に一枠」と言ってもらえて、ゆっくりプロットを練った。

だけど持ってきた三つのプロットは、どれも会心の作、というわけではなかった。

「これ、面白そうだけど……今の視聴者さんにはきついかもですね」

逢坂さんが、私が一番上手く書けそう、と思ったプロットを手に取ってちょっと困っている。私も同じことを思っていたので、そうですよね、と返した。

私が得意なジャンルは、心理描写の多いシリアスな人間ドラマで、普通の人には少々どころか、かなり重たいものが題材になっている。今日持ってきたのは、よんどころない事情で犯罪に手を染めていく母子の話だった。

「最近のドラマは軽いものが好まれてますもんね」

「そうなんですよねえ、あとはもう……美味しい」

「美味しい食事が出てきたら完璧」

逢坂さんと私の声がハモった。二人で顔を見合わせて、苦笑しあう。

「日本人てどうしてこう、食卓ドラマ好きなんですかね」

「みんな疲れてるからかなあ。でも私も、食卓ドラマ嫌いじゃないから、気持ちは分かります」

それって先生も疲れてるってことじゃないですか、と逢坂さんにつっこまれ、二人してまた笑う。

「数字とれるかは勝負ですけど、重たくても先生のホンなら……うーん」

逢坂さんはなにか良案はないかと探すように、プロットの紙面をじっと見つめる。熱心に私の案を見てくれる逢坂さんに、じんわりと感謝の気持ちが浮かぶ。

「美汐先生、お久しぶりです～」

会議室で無言のまま逢坂さんの答えを待っていたら、アシスタントの池ちゃんが、明るい笑顔で入ってきた。

池ちゃんはまだ若い、二十代半ばの子で、髪をピンクに染めている。オーバーサイズの奇抜な柄シャツに、黒いパンツという派手な外見、性格はからっとして気さくだ。

「池、なに勝手に入ってきてんの」

逢坂さんに窘《たしな》められても、「美汐先生来てるって聞いたからご挨拶〜って思って」と気にしていない。

逢坂さんは一瞬呆れた顔をしたものの、なにか言うのも面倒だったのか、また私のプロットに視線を戻した。

手持ち無沙汰の私を気遣ってくれたのか、池ちゃんは「そういえば知ってます？」と雑談を始めた。

「西田先生が、次の次の朝ドラの候補に挙がってるって。美汐先生、同期でしたよねー」

言われたとたんに、胸の奥がざわっとして、不快な気持ちが広がった。と、プロットに集中していたはずの逢坂さんがぱっと顔を上げて、怖い表情になる。

「池！　あんたそんなことよりロケ地の確保どーなってんのっ」

怒鳴られた池ちゃんは「やばい」という顔になって、「今やってまーす」と誤魔化しながら退室していった。逢坂さんはそれ以上なにも言わなかったけれど、ああ、さすが逢坂さん。私のことなんてお見通しなのね。気を遣われているのだな、と思った。

逢坂さんとの付き合いはもう九年になる。まだ私がラジオドラマのシナリオを書いていたころに、たまたま仕事で縁があり繋がった。彼女はそのころプロデューサーになったばかりで、最初に手がけた作品で、私のシナリオを使ってくれた。

それは原作付きの脚本だったけれど、逢坂さんはすぐに私の本質を見抜いて、

「先生、次、オリジナルで一本書いてみませんか？」

と、言ってくれた。本当はずっとオリジナルを書きたかったから、その誘いは嬉しくてたまらなかった。そして私が書いたオリジナルの脚本を、深夜の、たった五話の枠だったとはいえ、初めて地上波にあげてくれた。

周囲の脚本家仲間からは、「運がいい」と言われた。

たしかに運がよかった。地上波のドラマのシナリオを、デビューしてわりとすぐに書けるようになるとは私も思っていなかった。でも世の中には、もっと運がいい人なんてたくさんいるわけで。

さっき池ちゃんは、「西田先生」を私の同期だと言っていたけれど、そうではない。私のほうが一年先にデビューしている。

西田舞は私より五歳上の脚本家で、デビュー当時は私と似たような仕事をしていた。ラジオドラマから地上波にあがった脚本家同士、私は彼女に親近感を持っていたし、なにより彼女の書くホンが好きだった。シリアスドラマが得意な私と違い、彼女は軽いものから重いものまで幅広く書きこなし、過去のヒット作をよく研究し、自分なりに上手くアレンジして書ける器用な人という印象だった。

最初はただのファン、そして似た境遇のライバルくらいの気持ちだったけれど、いつの間にか彼女はどんどん人気作を生み出して、売れっ子になった。私がやっと獲った小さな賞なんてとっくに通り越し、朝ドラの脚本家候補にまで名前が挙がっている。

彼女とは一度だけ、顔を合わせたことがある。テレビ局に立ち寄ったとき、共通の知り合いのディレクターを挟んでご挨拶させてもらったのだ。西田舞は理知的で、落ち着いた物言いの中に気の強さと愛嬌が同時に感じられる人だった。

数分、他愛もない会話をしたあと、不意にこんなことを言われた。

――お子さんもいて、仕事もなんて、えらいんですね。尊敬するわ。

なんだか含みのあるような声音が、どうしてか耳の奥にこびりついた。

べつにそれが変な言い方だったとか、脈絡のない言葉だったわけではない。子どもがいると話したときに、そう言われただけなのだから。

だけどあとになって、西田舞がそのとき離婚したばかりだったと聞いた。離婚の理由は、長い不妊治療にあったようだとも、口さがない同業者から教えられた。

デビューが私より遅かったのは、彼女がずっと治療を受けていたためだったとも。そのころ、悠が一歳になったばかりだった私は、長い治療がなかったら、彼女はもっと早くデビューしていたのかな、なんて考えていた。

その彼女が私を追い越し、華々しく活躍しているのを眼にするたびに、私は「お子さんもいて……」という言葉を思い出した。

子どもがいるのだから、それほどの結果が出せなくても当然だし、出さなくていい。西田舞に、そう言われているような気がした。そんなわけはないと頭では分かっているし、私だって、そこそこ売れている脚本家だ。

それなのに彼女のことを考えると、自分がとてつもなく駄目な人間に思えてくる。これはた

ぶん嫉妬で、自分で考えるのもいやな感情だけど、比べるたびにどこかで、

——子どもさえいなかったら、私もあのくらい、書けた。

そう思っている自分がいるのだ。

そして同時に、

——でも、私には子どもがいるから。

という言い訳を、私は私に対して使っている。

子どもがいるから。子育てをしているから。子どものいない人と比べたら、仕事に使える時間が少ないから。

だから西田舞より劣っていても仕方がない。子どもがいる分、私は十分社会に貢献している。

そう思い込んで、彼女の活躍から眼を逸らしてきた。

でも、この論には無理がある。私は社会貢献のために悠を産んだわけじゃないし、そもそも私は「いいママ」じゃなかった。

私は子どもを保育園に通わせていた。必要なときはシッターだって雇っていた。たしかに晶くんが在宅勤務になる前まではワンオペ育児だったけれど、食事を作れなくてスーパーの惣菜ですませることなんかしょっちゅうだったし、乳幼児期の悠と二人きりの時間は常に疲れていて、悠に向き合いきれていなかった。公園なんて連れていくだけでくたびれて、いつもベンチに座っていた。

私のどこが、子育てしてたって言える？　仕事に使える時間が少なかったって言える？

七歳になった悠は、宿題こそ見てあげなきゃいけないものの、赤ちゃんのころと比べれば時間的な意味では、驚くほど子育てが楽になった。

悠が自分から離れつつある今になって急に気がついた。

結局のところ、育児も仕事も半端だった。だから私は西田舞に勝てなかったのだ。

勝ち負けの問題じゃないのに、そんなふうに考える癖がついている。自分のどろどろした嫉妬が気味悪くて、誰にも言えないのに、逢坂さんには言わずとも伝わっているのだとしたら、それが恥ずかしかった。


まだ私のプロットを見ている逢坂さんに、「あの」と声をかけた。

「やっぱりもうちょっと手を加えてみていいですか？　少し……とっつきやすくできるかもしれないので」

私が言うと、逢坂さんはほっとした顔になった。

「ええ、まだ企画会議まで時間ありますし、一度先生のほうでブラッシュアップしていただけるのなら助かります。もちろん、別案を新たに出してくださってもいいですよ」

向田邦子でもこんなこと言われたことあるのかなあ、なんて思いながら、私はまた次の約束をして、テレビ局を出た。

暖房の効いていた屋内から外へ出ると、突き刺すような冷気が私を包む。ウールのコートの前をかき合わせるようにして、体を縮める。晴れていても、冬の日差しは弱く、体を温めるには足りない。

午後二時の約束で来て、一時間くらいの打ち合わせだったので、時刻はまだ三時だった。そろそろ悠が学校から帰ってくるころだけど、家には晶くんがいるから特に心配はいらない。少し都心をぶらつこうかとも思うが、なにかあてがあるわけでもなく、私は駅に向かうことにした。

局の周りは飲食店や緑地が整備され、洗練された都会の雰囲気がある。

道行くサラリーマンは足早に歩いて過ぎ去るが、局に併設された男性アイドルグループのグッズショップの前は、女子高生や若い女の子たちが集まって、買ったばかりのブロマイドを交換していたりする。公園のように植林された場なので、お散歩中のママが、ベビーカーを押してもいる。

バラエティに富んだ人波を横目に大通りに出ると、横断歩道を渡るきれいなママが、三歳くらいの女の子の手をひいているのが眼に留まった。

ママの足取りは速くて、女の子と繋いだ手と腕がぴんと斜めに張っている。女の子は一生懸命に足を動かしているが、時々危なっかしく躓《つまず》きかけ、ママは都度振り返っては「早くしなさい」と急かしていた。

胸の中を、冷たい風が通り抜ける心地がした。

「そんなに急がなくてもいいのに……」

思わず呟いてしまった。

そんなに急がずに、子どもの歩調に合わせてあげたらいいのに。そう思うけど、そのママの姿は数年前の私そのものだった。

私も、いつも焦っていた。いつも急がなきゃと慌てていた。

保育園のお迎えなんて、一分待つのさえも苦痛だった。お迎えに行くと、園の前にある長いスロープで、悠が駆け回って遊びたがる。お迎え時間が重なった他の子たちもそれは同じで、子ども同士ころころとどんぐりが転げるように駆け回り、きゃあきゃあと笑っているかわいい姿を、のんびり待てるママは幾人もいた。

だけど私はとても耐えられなくて、何周も何周もしたがる悠を、もう終わり、と言って無理やり自転車の椅子に座らせていた。

私にも理由はあった。

保育園のお迎えのあとは、スーパーに寄って買い物して、帰ったら悠にご飯を食べさせて、お風呂に入れて歯磨きさせて寝かしつけなきゃならない。やることがいっぱいある。やることがいっぱいあるから、急がなきゃ！

毎日、そんなことで頭がいっぱいだった。

でもいくら焦ったところで、自分の思いどおりに悠がご飯を食べてくれたことも、お風呂に入ってくれたことも、寝てくれたこともなかった。結果が同じなら焦らずに、悠とじっくり向き合えばよかった。あのお気に入りのスロープだって、悠の気がすむまで走り回らせてあげればよかった。今は、そう悔やんでいる。

「もう一回やれたらな……」

最近よく、そう思う。もう一回最初から子育てをやり直せたら。きっとあのころよりは上手にできる。

仕事なんてもうしない。だって頑張っても、西田舞みたいにはなれない。

世の中のママも、みんなこんなふうに後悔するのだろうか？

だけど私の周囲数キロメートル以内に住んでいるママたちは、絶対に私より「ちゃんと」していただろうし、「いいママ」のはずだと、勝手に想像する。

もしこの胸の濁りを人に話しても、悠はまだ七歳なのだから、今から「いいママ」になればいい、と言われるだけかもしれない。私だってそう思う。でも、気持ちがどうしても前を向かないのだ。悠が一番私を必要としていた時期に、なにもできなかったという挫折感が、私の中にはある。

それに私は一度、悠から「母親失格」の烙印を押されている。

私の悠に対する、「いいママ」でありたかったという後悔は、いつの間にか抜き差しならないほどに重く、薄暗いものになっていた。

四十歳、いまだ冬

今日私は、小学校に呼び出され、学校の会議室で担任と心理士さんを前に座っていた。午後四時、息子の悠は既に帰宅している。

去年の年の瀬、保護者面談のときに、私は悠の担任からこんなことを言われた。

「悠さんは、穏やかに過ごしていて友だちとの衝突などはありませんが……マイペースすぎて、協調性がないとも言えます」

その言葉は、悠が小さなころからうっすらと気配を感じていたのに、見ないようにしてきた現実を私に突きつけた。

「支援クラスなどは、考えていますか?」

担任に続けられたとき、きっと訊かれるだろうと覚悟していたのに、それでもショックを受けた。

「先生が、通級を勧めるのであれば……」

そう答えた私に、担任は学校へ定期的に通ってくる心理士に、行動観察をお願いして、意見をもらおうと提案してくれた。悠の授業中の様子、休み時間の様子などを心理士が観察して、そのうえで悠に支援クラスが必要かどうか判断してもらう仕組みだった。

その行動観察の結果が今日、伝えられることになっている。

椅子に座った私は、冷静であるように装いながらも、内心は切羽詰まり、逃げ出したい気分だった。

職員室横の、小さな会議室の中を息苦しく感じるほどだった。窓はあるし、空は晴れているのに、それすら眼に入らず、室内が暗く狭く感じられた。

きっとこれから聞く話は、楽しいものではない――。けれど、もしかしたらほんの一パーセントくらいは、「悠さんが支援クラスに通う必要はありません」と言われる可能性があるかもしれない。

そんな期待は持たないほうがいいと分かっているのに、頭の片隅にまだどうしても、悠はなんの問題もない、完璧な子どもでいてほしいというありえない望みがちらついていた。

眼の前に座っている悠の担任は、三十代半ばくらいの落ち着いた女性教師だ。若いけれど話し方がしっかりしていて、教師としてのキャリアを感じさせる。だからこの先生が支援クラスの話を持ち出したのは、すべて悠のためだと分かっている。

支援クラスというのは、学習や生活面、心理面で、他の子より少し発達に不安のある子を補助してくれる場所で、うちの市では週に一回学校の授業を休んで通う教室が設けられている。

ここへ通う子の多くは、自己肯定感が大きく損なわれているか、そうでなければ発達障害、またはそれに準ずるグレーゾーン的な問題を抱えていると聞いた。

とはいえ、子どもの大半はなにかしら苦手なことがあるものだし、うちの悠は運動も書字も集団行動も苦手だけれど、言語能力は高く、理解力も高く、算数や理科はそれなりにできる。支援クラスはそもそも能力が低いから通わせる場所でもない。

だから先生に支援クラスを、と勧められたからといって、悠が落ちこぼれているわけではないし、必要なことなら行かせてあげたほうがいいことも分かっている。

だけど同時に、支援クラスに行かねばならないと言われたら、まるでお前の育て方が悪かったせいで、子どもに不具合があるのだ、とレッテルを貼られたような気にもなる。それが前時代的な価値観で、くだらない妄想だと分かっていても、そう思ってしまう自分がいる。

緊張しながら待っていると、担任は私の不安をほぐすように、

「悠さんは毎日、頑張って授業を受けていますよ」

と、褒め言葉から話を始めてくれた。

「この前なんて、学習発表で悠さんがクイズを作って出してくれたんです。結構難しかったんですが、クラスのみんなにも好評でした」

少しだけ、ほっとする。悠はちゃんと学校生活を送れてるんだと気が緩んだとき、担任の隣に座っていた心理士が身じろいだ。私より年上だろう、ベテラン風の心理士は、手元のノートをちらっと見てから口を開いた。

「数日、悠さんの行動観察をさせていただきました。結論から申し上げますと、やっぱり支援クラスに通うことをお勧めします」

胸の中が、すうっと冷たくなる気がした。

淡い希望は打ち砕かれて、眼の前には現実がある。必死に平気な顔をして、こくりと頷く。

「悠さんの気性は穏やかですね。ただ、お友だちとの交流が少なく、年相応の関係性は築けていません。偏食なのも特性でしょう。学校のリズムに合わせて動くのも苦手なようです」

はい、はい、と私はただ頷く。子どもが仮に発達障害児だとしても、そんなことは現代ではさほど憂えることではなく、適切な環境を用意するのが親の務め。そう、心から理解し、受容しているような素振りで。

「周りの子と合わせる意識があまり、ないみたいですね。ご自宅でも、ご両親のほうが悠さんに合わせているんじゃないでしょうか？」

「あ……そうかもしれません」

一人っ子なので、という言葉は飲み込んだけれど、心理士に言われているうちに、自分の子育てが悪かったせいで……という罪悪感のようなものが、膨れ上がってくる。

もう一人産んでいたら、違ったのかもしれない。兄弟がいたなら、家庭内で自然と競争が起きるし、相手に合わせる場面も多い。私と晶くんが、二人がかりで面倒をみて、それが当たり前の悠は、素直で良い子ではあるけれど、体育が始まるまでに体操服に着替え終わらないとか、帰り支度も常に最後の一人だとか、とにかくすべてにおいてゆっくりで、周りのペースに合わせることができない。

家の中なら、ゆっくりでもいい。でも学校では、それだと困る場面が多々ある。

「お手伝いとかは、させてます？」

「いえ、特には……」

「じゃあまず、そこからですね。たとえばお母さんが夕飯の支度を始めたら、あ、自分もお箸を配らなきゃいけないとか、そういう意識が持てるようになるところから始めましょう。周りに眼を配る訓練として」

「はあ……」

悠が私の動きに気づいて行動できるようになるなんて、とても想像できなくて生返事をする。素直だから言われたことはやるだろう。しかしそれは、言われないとやらない、ということでもある。

私の小さいころとは、正反対だ。

悠には、親に認められたいという飢餓感がない。私には子どものころ、親に認められたい気持ちが強くあったから、お手伝いも率先してやっていたし、親——特に母親が今どんなことを必要としているか、目ざとく察するタイプだった。

でも、いつも母の顔色を窺《うかが》っていた少女時代の記憶が辛かったから、私は自分が母にされたような仕打ちはけっしてしないと決めて子育てをしてきた。

仕事を優先していた一方で、一緒にいる時間は甘やかして、手伝いの一つもさせてこなかったという自覚はあって、そのせいで悠が学校の集団生活に馴染めてないのかと思うと、胸が痛んだ。

——いや、子どもの生まれつきの性質だから。私がどう育てても、たぶん同じ結果だったよ。

冷静な私はそう考えるけれど、それが真実だと証明する手立てがないから、やっぱり不安になる。

「支援クラスに入る手順なんですが、まずは役所の教育支援課に電話して、発達検査を受けていただきます」

「発達検査……ですか」

「はい。それを受けることで、悠さんの苦手や得意も見えてきますから」

支援クラスに入るための手続きは煩雑で、事務手続き系の説明を聞くのが苦手な私は、必死にメモをとる。そうしていると、次第に頭がくらくらしてくる。あまりに手続きが面倒そうで、脳が情報を受け取りたくないと言っているかのように、内容がまるで頭に入ってこない。

シナリオを書いているときには、自分がとても賢い人間に思えるのに……。

現実社会の、小学校の会議室で、行政の仕組みなんかを聞いているとあまりに理解ができず、私はもしかしたらものすごく馬鹿なんじゃないか、と思ったりする。

萎縮したまま会議室を出て、とぼとぼと家路についた。

建物の外に出ると、小学校のグラウンドには大勢の子どもたちが遊んでいた。寒い中、みんなサッカーやドッジボール、鬼ごっこなどをしている。校庭開放日には、こうして賑やかになるグラウンドだけれど、我が子の姿はここにはない。

悠は放課後、学校の校庭に行って遊びたいなどとはまったく思わない子だ。心理士にも言われたとおり、積極的に友だちと交流しようとはしない。

お友だちと遊んできてもいいんだよ。そう何度か言ったけれど、いつも興味がなさそうにされる。

「もし悠にお姉さんがいたら……」

ふと呟くと、瞼《まぶた》の裏を不穏な血塊の映像がよぎり、私はすぐにそれを思考から追いやった。

賑やかなグラウンドの前を足早に通り過ぎ、逃げるように校門をくぐる。

学校の周りは静かな住宅街で、アパートや二階建ての建物が軒を連ねている。

車もあまり通らず、人気《ひとけ》も少ない閑静なこの場所だが、表通りに出たところにこぢんまりとした花屋がある。学校と家を繋ぐ道の途中に、唯一ある商店だ。

私は花屋の前で足を止めて、軒先に並んだサービス花束をなんとなく物色した。気分を変えるために、花でも買って帰ろうか。

帰ったら晶くんに、話さなきゃならない。悠が支援クラスを勧められていること。でもべつに、悠は駄目な子なんかじゃないと……言葉を選んで、私の不安を、隠して伝えないと。

きっと晶くんは冷静にこの話を受け止めるだろう。そういう人だから。積極的に行政に連絡をとってくれるだろうし、発達検査の結果を見て、どの支援が悠にとって一番合うのか落ち着いて選ぼうと言うはずだ。

悠のことでなにかあっても、晶くんは取り乱さない。いつでも私一人が慌てて、不安になって、もやもやしているというのがお定まりのパターンだった。

「美汐ちゃんは悠のことになると、なんでそんなに悲観するの」と言われて、言葉に詰まったことが何回かある。悠がちゃんと育っていないかもしれない、と思うたびに情緒が乱れてしまう私が、たぶんおかしいのだろう。取り乱し、不安がることを愛だと言うつもりはない。それはあまりに勝手だと思うから。

でも、時々思う。結局のところ晶くんは、悠を「育てた」自信があるから——。

だから、私みたいに怯《おび》えないいんじゃないだろうか。

それとも、父親と母親の違いなのか。

百合の花束をそっと引き寄せると、甘い香りが鼻腔をくすぐる。

気重な考えも、花の香りを嗅ぐと晴れる気がした。でも、百合の隣にピンクのチューリップが並んでいるのを見つけて、私はハッと身を硬くした。胸がどきどきとして、思い出したくない一つの光景が脳裏に蘇った。

正装した六歳の悠が、にこにこの笑顔で、晶くんにチューリップを一本、差し出している。

私は離れた場所で、それを見ているのだ。

ずきん、と胸に痛みが走って、私は急いで花屋をあとにした。瞼の裏に張り付きそうになる光景を、慌てて消す。記憶の底に追いやる。

——駄目なお母さん！

頭の中で、私が私を責めている。

——あなたは母親失格なの。

呆れたように、そう続けられる。

——分かってるよ、今さらなにをどうしたって仕方がないこと。私だって「いいママ」になりたかった！

頭の中で言い返しても、不安が胸の中でぐるぐると蜷局《とぐろ》を巻いている。

家の前まで帰り着くと、朝倉さんの子どもたちと、この建売住宅地帯に住む、他のお家の子どもたちが集まって遊んでいた。家と家の間の道は大きなトラックが一台通れる程度に広く、近所の子どもたちはいつもここに集まって、小さな子は三輪車、大きな子はスケボーやボール遊びをしているのだ。

きゃあきゃあと笑いながら遊ぶ子どもたちを、五人のママたちが、見守りながら談笑している。

当然、悠はここにもいない。

きっと家の中で、YouTubeでも見ているのだろう。悠と同い年の子もいるのに、悠は家の前で近所の子と遊ぶ習慣がないから、誰かが誘いに来ることもない。

私の姿に気づいた朝倉さんが、笑顔で手を振ってくれる。それに続いて、他のママたちも会釈する。

私も手を振り返しながら、笑顔を作ってはいたけれど、本当は苦しかった。

——どうして悠は、ここで他の子たちと遊ばないんだろう？

この家を買ったのは悠が二歳のときだった。そのころはまだ、家の前で悠も近所の子たちに混じって遊んでいた。でも五歳くらいになると自我が出てきて、外で遊ぶより、家にいたがるようになり、自然、悠は近所の子たちと疎遠になった。

そして気がついたら、悠は学校と習い事以外は引きこもる子になっていた。本当は、学校と習い事に行ってくれるだけでも御の字だと思っている。それが悠の精一杯だと分かるから。

けれどやっぱり、外で遊んでいる子どもたちや、親しげにしているご近所さんを見ると、「うちって変じゃない？」と不安に襲われる。

悠がいないから、私はここに留まれないし、ママたちの井戸端会議にもなかなか参加できない。本当は、私だってここに混ざりたい、普通のママなんですと言い訳できない。うちの子は引っ込み思案なだけで、それほど変ってわけじゃないんです、と弁解もできない。

たまに挨拶する程度の仲だから、お向かいの朝倉さん以外のママたちはちょっと遠慮がちに私を見ている。その視線にも、いたたまれない気持ちになる。

あの人は自分の子どもを家に閉じ込めている駄目なママだと、そう思われていないか怯えてしまう。

なによりも、悠が駄目な子だと思われていたら……。

なんとか取り返さなきゃ。どうにかしなきゃ。急に焦りが出てきて、私は意を決して、「どうも～」なんて言いながら、ママたちの集団に混ざりに行った。

「悠くんは今日、お家？」

一番親しくしてくれている朝倉さんが、気をきかせて話題を振ってくれた。

「そう、たぶん宿題やってる」

つい、見栄を張ってしまう。たしかに悠は宿題もやっているだろうが、ほとんどはテレビとゲームで過ごしている。他のママたちから、「えら〜い」「うちも遊ぶより先に宿題やってほしいんだけど……」と、優しい反応が返ってくる。

「あ、ううん……悠は宿題やるのがすっごく遅いの。だから早くやらないと夜ご飯が八時になっちゃったりするから……」

見栄を張った分を誤魔化すように、慌ててネガティブな要素を言う。いやな文化だと思うけど、ママ同士の会話では自分の子の自慢はなるべくしないのがルールだ。私の周りだけなのか、日本全国そうなのかは分からない。

「うちも遅いよー。やたら時間かけてノートとってる」

ママの一人が、肯定してくれる。咄嗟に、だけどあなたの子は支援クラスに行くほどではないでしょ？　と聞きたくなったけれど、黙っていた。

「ほらでも、悠くんママのとこはお金あるから。習い事とか全然行かせる余裕あるのがいいよね」

他の一人が放った、悪気のない言葉に、ぐさりと胸を突かれた。

ここにいる私以外の五人のママのうち、仕事をしているママは朝倉さんを除く四人。近所に住んでいるから、学年は違っても保育園は地域的に悠と一緒だった。でも私は、お迎え時間が遅かったのもあり、このママたちと会うことなんてほとんどなかった。

悠が二歳になる少し前から、仕事が順調に回り始めて、極端に忙しくなった。

お迎えの時間までに仕事が終わらない。かといって毎日のように延長して夜まで悠を保育園に置いておくのがかわいそうで、私は断腸の思いで送迎シッターを雇った。

そのシッターは還暦を過ぎた穏やかな女性で、まるで本当の祖母のように悠に接してくれて、悠もかなり懐いていたからそれ自体は後悔していない。

でも、シッターからある日、「いくらもらってるんですか？　って園のお母さまに訊かれたので……会社を通してるので分かりませんとだけ、お伝えしました」と言われたことがあって、私は強いショックを受けた。

正直に言うとシッター代はけっして安くなく、私の年収の三分の一が消えた。身銭を切ってやっていたけれど、それを人にいちいち説明したくなかった。他のママは、そこまでしないとできない仕事なら、辞めて他を探すだろう。

私は自分を取り囲む、五人のママを見る。朝倉さんは専業主婦で、子どものために朝から晩まで家を守っている。他の四人のママたちは、スーパーでレジの仕事をしていたり、派遣に登録して、働いていたり。

私も、脚本家になるまでは企業に勤めたり、派遣社員をしていた時期もある。学生のころは、コンビニでアルバイトもしていた。だから容易に想像がつく。

朝から晩まで職場で働くことの大変さ。正社員に比べると肩身の狭い思いをして働いている気持ち。たとえ正社員でも、子どもがいると熱が出ただので頻繁に早退しなきゃいけなくなったり、急に休みをとらざるをえないことも多い。そのせいで同僚に仕事を押しつけることになるから、どんなに大変でも、私だって辛いんです、とはけっして言えない。どんなに居心地が悪くても、生活のためにこらえて働く。そして家に帰れば押し寄せる家事、育児の波。どのママも毎日へとへとになって「母親」をこなしている。

生活のためではなく、夢のために働いている私は贅沢な身の上だ。

大抵のママたちは、家族の未来に備えて、余計なお金を使わないよう我慢して、行きたくない仕事に出かけ、帰ってきたら子どもや夫、時には義理の両親にまで尽くしている。

悠くんママは余裕があるからいいねと言われても、私にはここにいる他のママ全員のほうが、私より立派だと思えるし、眩《まぶ》しく感じられた。みんなは「いいママ」で、私一人が落ちこぼれている。

私が「いいママ」じゃなかったから――子どもを支援クラスに行かせることになったんじゃないの？

そんなことがあるわけないのに、ママたちの眼の中に、そんな非難があるように錯覚してしまう。

「あ、ねえ、悠も連れてきたら遊んでもらえるかな」

なぜか私は、咄嗟にそんなことを口走っていた。

ママたちは一瞬驚いた様子になった。私も唐突なことを言った自覚があった。

だけどそう言われて、断るママなんていない。

「悠くんとも遊びたいな」

「ぜひぜひ」

子どもたちの了承もとらず、「じゃあ連れてくるね」と言って、私は家に入り、リビングに向かった。頭がガンガンと痛んだ。おかしい。私はなにをしようとしているのだろう。

リビングでは宿題をやりかけたままの悠が、YouTubeを見ながら笑っていた。

喉がぐっと圧迫されたような気になる。

——お友だちとの交流が少なく、年相応の関係性は築けていません。

心理士の声が蘇る。私は反射的に、悠の細い、頼りない、小さな腕を握って引っ張っていた。

「悠くん立って。行こう」

言うと、悠は素直に立ち上がりながらも「ええ？」と眉根を寄せた。

「どこに？　ママ」

「いいから、ママとちょっと行こう。ほら、コンビニでおやつ買ってあげるから」

玄関まで急き立てて、靴を履かせる。コンビニは家から徒歩三十秒、道路をまたいですぐのところだ。それくらいならいいかと悠も思ったのか、渋々靴を履く。私は焦りながら、悠の背を押して外に出た。

「あ、悠くん。待ってたよー」

朝倉さんがすぐに見つけてくれて、好意的に手を振ってくれる。遊んでいた子どもたちはぴたりと動きを止めて、珍しく顔を出した悠のことを、珍獣でも見るみたいに様子を窺っていた。

悠のまとう空気が、一瞬で沈んだものになるのを感じながら、私は悠の腕をひいた。

「あ、みんな遊んでたみたいよ。悠も一緒に遊ぼう?」

悠は「いい」と即座に断ってきた。いや、でも、一度遊んでみれば楽しいはず。そして母親の私が、それくらい導いてあげなきゃいけない。なぜかそんな気持ちに囚われて、「ほら、ゆきちゃんいるよ。ゆきちゃーん」と、悠と同い年の子の名前を呼んだ。

子ども用のスケボーに乗っていたゆきちゃんが、こちらへ来ようとしてくれたとき、悠は私の手をパッと払って「戻るね!」と玄関のドアを開け、家の中へ入ってしまった。

その場の空気は、見るも無惨だった。困惑している子どもたち。私へ、同情のような、呆れたような眼差しを向けてくるママたち。

私は頭の中に、カッと火が燃え上がるような気がした。

「悠!」

家の中に戻り、靴を乱暴に脱ぎ捨ててリビングに駆け込む。

自分のやり方が間違っていたと分かっていた。いや、本当は悠の腕をひいて立ち上がらせたときから、こんなことは押しつけに過ぎないと分かっていた。

それなのに私は怒りに燃えていた。

「悠!」

ソファに座り、今にもテレビのリモコンを持ち上げようとしている悠に、私は摑みかかった。

「なんでお友だちと遊ばないのよ!」

怒鳴られてびっくりしたように、悠がぽかんと口を開け、私を見上げている。

「今すぐ戻ろう！　悠も他の子と遊んだほうがいいんだから！」

「やだよ」

拒絶された瞬間、視野がぐんと狭くなった。腹の底から憎しみがこみ上げてきて、

「なんでママの言うこと、きけないの！」

叫びながら、たかだかこんなことで。と、思っていた。

「たかだかこんなことで」「私が一線を越えるはずがない」。

視界の端に映っていたのは私の手だ。

不気味なほどに力んで、手の甲に血管がくっきりと浮き出ている。その手が、悠に向かって伸びていく。そして悠のトレーナーの襟ぐりを、ぐっと摑んだ。

驚いたように、眼を大きく見開く悠。黒い、水晶玉のような瞳の中に、険しく顔を歪《ゆが》めた形相の、私が映っている――。

いつの間にか私は……悠の胸ぐらを両手で摑み上げ、ほとんど、首を絞めていた。

ごうごうと膨れ上がる怒りに呑み込まれていた。悠がママの言うことをきかないから、ママが「悪いママ」になるんだよ。

けれど悠の苦しそうな顔と、「ママ……」というかすれた声と、私の手にかけられた、まだ七歳の小さな手のひらの感触とが、一気に私を冷静にさせた。

力を込めていた両手を放す。悠がよろめきながら、ソファにぐたりと身を沈める。

サッシ窓の桟に当たって、弱い冬の光がちらつき、暖房の低いモーター音が部屋に微かに響

いていた。

――私、悠を殺したの？

次の瞬間、どっと涙が溢《あふ》れるのを感じた。心が絶望に染まる。死にたいと思った。

死にたい。こんな母親、死んだほうがいい。

目眩《めまい》がする。体から力が抜けて、その場に膝をついたあと、意識が遠のいていく。倒れたとき、頭に強い痛みが走る。閉じゆく視界には最後、ソファでうっすらと眼を開いた、悠の姿が映った。

悠、ごめんね。

そう言えたかは分からない。

以上が、三十四歳の春に巻き戻った私が思い出せる、私の記憶である。

三十四歳、初夏

そうして私は「今」、眼を覚ました。

ちょうど、赤ちゃんの悠を抱っこ紐に入れようとしているところだった。

――時間が巻き戻ったんだ!

もう一度、やり直せる。

そう思った直後に、私の耳に飛び込んできたのはつけっぱなしにしていたらしい、テレビの音だった。モニターを見ると、乳幼児向けの番組が映っており、もじゃもじゃの犬の着ぐるみが、「じゃあね～ばいば～い!」と元気よく手を振っていた。画面の左上には、九時三十分という時間が表示されている。

抱き上げた悠はもぞもぞと動き「あーうー」、と喃語《なんご》で私に抗議を示していた。なにかを嫌がってぐずり始めている。

なぜ泣きそうなのかが分からずに、慌てて悠の股間に鼻を押しつけた。おしっこの臭いも、うんちの臭いもしない。ぱっと振り返ったら、テーブルの上には食事をしたあとがある。直感的に思い出す。

私は今から悠を抱っこ紐に入れて、保育園に行くところだったのだ。私の腰に巻かれた懐かしい抱っこ紐。部屋の様子やテレビが示す時間から、過去の記憶と照らし合わせて、そうだろうと思った。

もしかしたら悠は、抱っこ紐に入れられるのがいやなのかな？

私は悠を下ろすことにした。今さらながら、なんて軽いんだろうとびっくりする。どう見ても、悠は赤ちゃんだった。

七歳の悠のことも、家の中で時々抱っこする。悠からせがむことはないけれど、同じソファに座って一緒にテレビを見ているときに、自然と膝に乗ってくることはある。

その悠に比べたら、赤ちゃんの悠は空気みたいに軽い。クッションマットの上に置いてあげると、よたよたとした足取りで、テーブルの上に転がっている玩具《おもちゃ》を取りに行った。

しばらくの間、私はぼんやりとその光景を見ていた。

部屋は――悠が二歳になるまで家族で住んでいた、都内のファミリー向け賃貸マンションのもの。住みやすかったけれど、手狭で引っ越した家。私と悠は、そのマンションのリビングダイニングにいる。食卓も兼ねたコタツテーブルの周りには、玩具箱や本棚、悠が大きくなるごとに慌てて買い足した不揃いな家具、小さな幼児用の黄色い椅子が置いてある。どれも見覚えのあるもので、そして大半は、家を買ったときに捨てていったものだった。

私は夢を見ているのかもしれない。

定番だけど、頬をつねってみる。ちゃんと痛覚があるし、そもそも五感がはっきりしている。

しかも私の頭の中には、四十歳の冬までの記憶がたしかに存在している。そのわりに、「今」

の時間軸の、昨日のことは思い出せない。

「どういうことなの……？　まさか、本当に時間が巻き戻った？」

咄嗟にやり直せるとは思ったものの、やはり戸惑ってしまう。

私はハッと思い立って、床に転がっていた悠のリュックを手繰《たぐ》り寄せた。水色の、電車模様がプリントされた小さなリュックは、保育園の通園用のバッグだ。

思ったとおり、中には保育園の連絡帳が入っていた。一番新しいページをめくって、日付を確かめる。今日は五月二十五日。

ページの上半分には、悠の昨晩の様子、今朝食べたもの、排泄の回数……などが事細かに書いてある。下半分は、保育士の記載スペースで今日はまだ空白。

朝ご飯の内容は、パン、バナナ、ヨーグルト。そういえばこのころ、毎日三品は書かなきゃと焦っていたことを思い出す。せめてそのくらい食べさせていなかったら、駄目な母親だと思われそうで怖かった。

パラパラと連絡帳をめくると、保育士からの詳細な記述も見つかる。「今」、計算が正しければ悠は一歳三ヶ月で、私は三十四歳で、四十歳の私からすると、六年も前の時間にいることになる。

『家ではこのごろ、お風呂を嫌がってしまい……気分の問題でしょうか？』

不安そうに書いている私の前日の記述に、保育士が明るく返答している。

『ご家庭での様子、ありがとうございます！　お風呂、いやなときもあるかもしれませんね。

今日、私がお友だちをくすぐっていると、悠くんもやってほしかったようで私の前に寝転がってきました（笑）。なのでいっぱいくすぐると、キャッキャと笑っていました。悠くんのニコニコ笑顔がとってもかわいかったです！』

丁寧に書かれた文面を読んだとたん、悠が懐いていた保育士さんの顔が思い浮かぶ。これが夢なら保育士の記述がこんなに詳細だとは思えない。

本当に「時間が巻き戻った」のかもしれない。でも確証はない。単に、よくできた夢を見ているだけかもしれない。もし夢だとしたら、七歳の悠はどうなったんだろう？

不意に私は、四十歳の記憶の最後をたどって、血の気がひいていく。

指の先に、摑んだ悠の胸ぐらと、細い首の感触が生々しく残っている。心臓が、どくっどくっと大きく鼓動した。

私は悠を殺そうとしたのだろうか。それとも未遂だったのか。信じられなかった。「たかだか」悠が他の子どもと遊ばなかっただけで、私はいともたやすく、一線を越えようとした……。

暗い気持ちが、胸にひたひたと押し寄せてくる。まともに向き合えば、二度と抜け出せなくなるだろうと分かるほどの絶望の穴が、足元にぽかりと開いていた。

一番恐ろしかったのは、悠に嫌われることではなかった。あの一件で、悠が私に「愛されていない」と思ってしまったらどうしよう。死の間際であれ、無事であれ、それが一番、怖い。

でも、今の私は夢の中、あるいは、巻き戻った時間の中にいる。

もう一度見回すと、東向きのサッシ窓からは、明るい光が差し込んでいた。リビングの隣にある和室には敷いたままになっている家族三人分の布団。悠にご飯を食べさせたあとの汚れたテーブル、転がった玩具、教育番組の流れるモニター、洗い物の溜まった流し台。

そして部屋いっぱいに、微かに、赤ちゃん特有の甘いお乳のような匂いがしている。玩具で遊んでいた悠が、覚束ない足取りで私のほうへ歩いてくる。舌足らずの声で「まんま」と言いながら、抱っこしてのポーズをとる。

私を信頼しきった二つの黒い瞳が眼に飛び込んできたとたん、胸が苦しいほどに摑まれて、愛しさと喜びが湧き上がってきた。その甘い衝動に、頭がくらくらとする。脳みそが、麻薬みたいな愛情ホルモンでびしゃびしゃになっていくのを感じる。

これがあまりにも完成度の高い夢でもいい。私は会いたくてたまらなかった赤ちゃんの悠に会えたのだ。この世で誰よりも、「ママ」の私を必要としている悠に。

抱き上げて、頰をこすりつける。悠はきゃあきゃあと笑った。幼い、肉厚のぽっちゃりした手で私の顔を容赦なく叩いたり、つまんできたりするのさえかわいい。

あまりにも懐かしい、赤ちゃんの悠。

「悠、ごめんね、ごめんね……」

本来なら七歳の悠に向けて言うべき謝罪を伝えると、胸が罪悪感で潰れそうに痛み、じわりと涙が出た。でも、泣くわけにはいかない。

「悠、今日はママと遊ぼう！」

保育園には預けない。一歳三ヶ月の悠を、夢の中だけでも、思いきり可愛がろうと決めた。

家の片付けも、洗濯もしないで、私はひたすら悠にくっついて遊び、抱っこしてあやした。

「悠くん、それなんですか？」

電車の玩具を持った悠に訊く。悠は「ううあ」と答える。

「でんしゃ、だね。悠くん、でんしゃ好きだよね」

真剣な表情で、電車の玩具をガラガラと床に走らせる悠の姿を見ているだけで、たまらなく幸せだった。

「前の私」――この呼び方が適切かは分からないけど、とりあえず便宜上そう呼ぶことにする――は、やっぱり愚かだった。

こんなにかわいい悠と過ごすことより、家をきれいに保つことや、仕事で功績を得ることを優先していた。洗い物なんか、洗濯なんか、どうでもよかったのに。埃が落ちているのが眼に入り、掃除機をかけたい衝動がうずいたけれど、無視した。

悠は私がずっとそばにいると、時々私を見上げてにっこりした。その笑顔に、酔うほどの幸福と愛しさがこみ上げる。そして同時に、胸が締めつけられる。

こんなふうにもっと、ただ隣に寄り添って、遊んであげればよかったのだ。

そうすれば、あんな顔をさせなくてすんだろうに……。記憶の奥にある、小さな悠の姿が一瞬、胸に浮かんだ。

悠が一歳五ヶ月ごろに手がけていた作品のおかげで、私は仕事がとてつもなく忙しくなり、週末すら遊んであげられなかった。ずっと晶くんに任せっぱなし。保育園の時間は延長して夜八時のお迎えが続いた。

そのとき携わったドラマは、深夜帯ドラマの視聴率一位を獲って、私の名前が大きく売れた仕事になった。だけどようやく仕事が落ち着いて、悠との時間がとれるようになったころ——悠は私に、寄りつかなくなっていた。

寝るときも晶くんにくっつくようになっていたし、遊びに出かけても抱っこしてほしがるのは晶くん。私は焦って、悠の気持ちを取り戻そうと必死に抱っこし、体力がいかに限界でも、悠にいろんな体験をさせたいという晶くんの言うまま、土日連続で遊びに出かけるのにも付き合った。へとへとだったけど、私が遊べなかった期間、晶くんが撮った悠の写真に胸を突かれたからだ。

たった一歳五ヶ月の赤ちゃんだし、私の思い込みかもしれない。

でも悠は、どこか荒《すさ》んだ眼をして見えた。

悠は私に、捨てられたと思っていないだろうか？

「前の私」はそんなふうに思い、言葉悪く言えば、悠を懐柔した。一ヶ月ほどで悠はまた私に甘えるようになったものの、それから半年ほどは、就寝時、私の上によじ登ってうつ伏せになるという、カンガルー抱っこでなければ寝なかった。私はそれを、悠の不安の表れだと感じた。

四十歳になってから子育てのことを振り返るたび、私は一歳五ヶ月の悠を放置してしまったことを、繰り返し悔やんでいた。

記憶の渦に飲み込まれていた私は、玩具に飽きたらしい悠が、「あーあー」とかわいい声を発したのに気づいて我に返った。見ると、悠は私に向かって抱っこしてと両手をあげている。

「もちろん抱っこするよー、ママの腕は悠くんのためにあります」

冗談を言いながら抱っこする。鼻先に漂うふわふわした髪の奥から、悠の匂いがして、胸がぐっと圧迫されるように愛しさでいっぱいになる。

ゆらゆらと悠の体を揺すりながら、私は赤ちゃんのころから七歳になってもまだ、悠が私にされて好きなくすぐり遊びをした。小さな足の裏を軽く叩いて、ぎゅっと握って、足から脇の下まで二本の指をとことこと歩かせる。

「た〜たいて、つ〜ねって、かいだんのぼってこちょこちょこちょ〜」

脇の下をくすぐると、こんなに幼くて、こそばゆい感覚があるのかすら怪しいのに、悠は声をたてて笑った。

「悠、やっぱりこれ好きなんだね。七歳の悠もね、たまにおねだりしてくるんだよ。……かいだんこちょこちょしてって……」

言いながら、狂おしいほどの愛情が溢れてきて、私はどうしてか涙ぐんだ。

大きくなった悠にとって、私との楽しい思い出はどのくらいあったのだろう？　「かいだんこちょこちょ」だけだったかな？

もしこれが夢ではなくてやり直せるなら、悠にひどいことをした私を、消せるかもしれない。

悠の胸ぐらを摑み……もしかしたら殺したかもしれない最低な私を、なかったことにできる。

そして今度こそ、「いいママ」になれるかもしれない。一人、そう思った。


お昼近くになると、悠はぐずり始め、機嫌が悪くなっていった。

おむつも替えたし、時間が時間だから、お腹が空いているのだろう。

ここにきて、私ははたと気づいた。

一歳三ヶ月って、なに食べさせてたっけ？

記憶を探っても、まったく思い出せなかった。離乳食のことはうっすらと覚えているのに、一歳過ぎてからの子育ての、こまごましたことがなにも分からないのだ。

正直、愕然とした。なにしろ子育てにおける料理は、苦労して、悩みながらこなした重大タスクだった。なのにきれいさっぱり忘れているなんて。

私は抱っこしていた悠を少しの間下ろして、慌てて保育園の連絡帳を読み返した。でも、朝ご飯は大体ヨーグルトとバナナが主体で、あまり参考にならない。

キッチンカウンターを回り、冷蔵庫や棚を漁ったら、大量のベビーフードが出てくる。

そういえばかなり頼っていた。一歳以上の子対象のおうどんとか、肉じゃがとか。でもせっかく「ちゃんと」ママをやれると思ったのに、のっけからベビーフードを使うのは躊躇《ためら》われた。「前の私」は便利な市販品を積極的に使っていたし、なにもかも手作りするほうが正しい、という考え方が嫌いだった。子育てなんてめちゃくちゃ大変なんだから、どこかで手を抜かないと死ぬ！　と思っていたし、今でもそれはそうだと思う。

でも……。

悠は本格的にお腹が空いてきたのか、リビングから続きになっているキッチンのほうまで歩いてきた。キッチンは危ないものが多いので、ベビーゲートをつけてあったけれど、私はその存在をすっかり忘れて開け放しており、悠は私の足に抱きついてくる。

私の膝くらいまでしか背丈のない悠が、耐えかねてとうとう泣きだす。

「ああ、ごめんね、悠。お腹空いたよね」

抱き上げてあやす。いくらあやしたって、赤ちゃんはお腹が膨れないと泣き止まない。なにを食べさせたらいいか分からなくて、ぐるぐるしているうちに、ふと思う。

おっぱいをあげたらどうだろう？

悠は、十ヶ月のときに断乳していた。

もともと母乳とミルクの混合で育てていて、八ヶ月のころには保育園に預けた。園ではミルクと離乳食だったけれど、保育士の一人に、断乳してもいいんじゃないと軽く言われて、そうしたのだ。

たしかに通園させるには、断乳したほうがなにかと便利だったから。でも心の奥では、私は断乳がいやだったのだと思う。

断乳してからも、母乳は半年以上出ていたし、悠が大きくなるにつれ、もっとおっぱいをあげていればよかった……と後悔した。私の胸に顔を埋《うず》めて、安心しきった顔でお乳を飲む悠の姿が、ずっと忘れられなかった。授乳の時間は、私と悠だけの特別なものだったと、やめてから感じるようになったのだ。悠と向き合える時間が少なかったから、余計にそう思ってしまったのだろう。

「今なら、あげられるかも……」

独りごちて、自分の胸を、ちょっとだけ揉んでみる。着ていたシャツの中に手を入れて、カップ付キャミソールをずらし、乳首をぎゅっとつまんでみた。先っぽから、乳白色の液体がにじみ出ている。

おっぱいまだ出てる、と思った。私はなんだかものすごく自分勝手なことをしている、おかしくて、変なことをしていると思いながらも、でも悠のためにはこれが正解じゃないか、「いいママ」は、断乳ではなく卒乳させるよね？　と言い訳して、シャツの襟ぐりを引っ張り、おっぱいを露出させた。

「悠くん、おっぱい飲もうか。ママまた、おっぱい続けることにしたよ」

悠の小さい頭を乳頭へ持っていく。悠はしばらくぐずり、いやいやと頭を振っていたが、唇の先を乳首に何度も触れさせていると、不意に思い出したようにぱくんと口に入れた。

とはいえ、飲み方を忘れたのだろう、上手く吸えていない。

「頑張れ、前は上手に飲めてたよ」

声かけをしたけれど、悠は飲めなくて、何回か唇を離し、泣いた。

――でもこういうときは、根気だよね？

「前」の子育てのとき、インフルエンサーの育児ブログで、「子どもの好き嫌いを克服させる方法……それは母の根気です！」と書かれていたのを見て、ショックを受けたことを思い出す。その人は子どもの離乳食が始まったばかりで、我が子の嫌がるものを何度も何度も口元に持っていき、食べさせている様子をブログに書いていた。

それを読んだとき、母の根気さえあれば、好き嫌いをなくせるのか、と感心した。なにより根気よく子どもに向き合えるその人を尊敬した。純粋に、そこまでできることが羨ましかった。「前の私」には悠が離乳食の間、食べずに口から出したり、スプーンごと投げたりしたものを、何度も何度も差し出すような根気はなかった。結果的に、二歳を越えるころには悠はひどい偏食になってしまい、それは私の根気がなかったせいかもしれないと、胸の奥で自分を責めた。

子どもの偏食は、毎日の生活の中でじわじわと親の心を蝕《むしば》む。食べてもらえなかった料理をゴミ箱に捨てるとき、悲しみと無力感に襲われるし、自分は子どもの体を健康に保つ義務を果たせていないと、罪悪感を覚える。私の育て方が悪かったから、そのせいだ。そう思い込む。

そしてそのたび、なにを時代錯誤な。根気でどうにかなる子もいるけれど、すべてはその子によるとしか言えない、と自分を慰めるのだ。「母の根気があれば子どもは健やかに育つ」というのは、ただの呪いだと。

たしかにそうだと思う。だが、結局根気がなかったのは事実だ。疲れていて、余裕がなくて、頑張れなかった。

だから今ぐらい頑張ろうと、しつこく授乳を続けた。チャレンジ四回目にして、悠は飲み方を思い出したみたいだった。涙の痕を頰にいっぱいつけたまま、悠は私のお乳を飲み始める。一生懸命にお乳を吸うその姿が愛しくて、また、なにかの麻薬を浴びたみたいな幸福に酔いしれた。

私はこのとき少しだけ、「ちゃんとした」ママになれた気がした。

泣き疲れたせいもあったのか、悠は授乳後すぐに寝てしまった。リビングのクッションマットの上で遊ぶ間もなく伏せたので、なにかと思って見ると、すうすうと寝息をたてていた。赤ちゃん特有の、小さな気道を通る、くぐもった息の音が懐かしく、私はしばし悠の呼吸音に耳を傾けていた。

時刻は昼過ぎ。そういえば、この年の子どもはお昼寝するのだと思い出した。七歳の悠はもちろん昼寝なんてしないから、忘れていた。

和室に敷きっぱなしの布団へ悠を運ぼうかと思ったけれど、起こしたらかわいそうだから、そのままにしておいた。一歳三ヶ月の子にはこの季節、どんな布団をかけたらいいんだっけと頭をひねって、やっと、タオルを一枚かければ十分だったことを思い出す。

ぐっすりと眠っている顔を見つめる。ふっくらとした頰も、小さな唇も、長い睫毛も、息の音すらかわいい。暴力的で、衝動的な愛情が胸の中に膨れ上がってくる。

こんなにも強く、自分以外の誰かを愛しく思うことなんて、一生涯ないだろう。

この子のためならいつだって死ねる。一秒の迷いもなく死ねる。でも、この子のために死んではいけない。悠が生まれてから、何度もそう思ってきた。

おひな様みたいにきれいな線を描く、薄い上唇と、ぽってりした下唇がかわいい。ぷにぷにした右足の裏の真ん中に、小さな星みたいにあるほくろまで愛しい。

「悠のほくろね、七歳になると少し大きくなるんだよ」

七歳の悠の足の裏にあるほくろも、お風呂上がりに一緒にベッドでごろごろしているときに眺めては、かわいいなあと思っていた。そのほくろは、もしかしたら大人になって悠に大切な人ができたら変わるかもしれないけれど、今は私だけが愛でている、小さな宝物だった。

ふわふわした産毛みたいな髪の毛を、そっと壊れ物に触るみたいにして撫で、頭頂部の匂いを嗅ぐ。ずっと嗅いでいたいくらい、好きな匂いだ。胸いっぱいに、ぐわっと勢いよく愛情が溢れてくるのだ。

残念なことに私はこれを美しい愛情だと純粋に思える性質ではなく、オキシトシンホルモンが脳内を満たしまくっているのだろうな、と考える程度には冷静だけど、それでもこの感情、激しい愛は、理屈がどうであろうとコントロールしきれるものではなかった。

そうやって夢みたいな時間を過ごしていたとき、突然玄関の扉が開く音がした。さらに慌てたように、ばたばたと入ってくる足音までして、私はびっくりして起き上がった。

キッチンカウンターの奥の扉がガチャリと勢いよく開く。入ってきたのは、四十歳の私の記憶より若い、スーツを着た晶くんだった。

ネクタイもしているし、ビジネスバッグも持っている。その姿が新鮮で、しばらくぼーっと見てしまう。最近は在宅ワークで、スウェットの上下にもっさりと髪を伸ばした晶くんしか知らなかったから。

その晶くんは私と、寝ている悠を一度ならず二度、三度と確かめるように見て、「美汐ちゃん」と声を出した。よく見ると晶くんは汗をかいていて、かなり急いで帰ってきた様子だった。

「なんで電話出ないのっ？」

晶くんにちょっと声を荒らげられた瞬間、私は急にこの夢が——夢だろうと思っている今の時間が、くっきりと現実味を帯びたように感じた。

「電話？」

オウム返しに訊く。

「電話。何回もかけたのに、出ないから心配したんだよ」

晶くんはイライラした様子で早口に言った。

電話のことなど、まったく気にしていなかった。普段だったら現代人の病とも言うべく、スマホは常に持ち歩いているし、頻繁に確認している。

そういえば、スマホはどこだろう？

きょろきょろと見回したら、目当てのものはテレビ台の上に放置されていた。ショッキングピンクの、ノート型のケースの中には、四十歳の私が持っていたものより旧式のスマホが入っていた。

「ご、ごめん。全然見てなくて……」

スマホは常にサイレントモードにしてある。不意に鳴って、眠った悠を起こしてしまわないようにそうしていたら、四十歳になってもその癖が抜けなくなってしまった。そして今の私は三十四歳で、悠は一歳三ヶ月なのだから当然のようにサイレントモードのままだ。

だからこそ、いつもはしょっちゅう確認をしていたわけだが、今回は夢の中にいると思っていたから、存在ごと忘れていた。

画面を見てみると、すごい数の着信履歴があった。保育園から、晶くんから、そしてプロデューサーからも。

ふと、これが夢ではない可能性を考えた。夢だったら、こんなに着信履歴があるとは思えない。私はわずかに狼狽《うろた》えた。

「保育園から、なんの報告もなく悠がお休みしてるって連絡がきたんだよ。電話しても繋がらないって言われて、会社から美汐ちゃんにかけたけど全然出ないし、メッセージも返ってこないし、家で二人になにかあったんじゃないかって半休もらって帰ってきたんだよ」

半分怒ったような口調で言う晶くんに、「それは……すみませんでした」としどろもどろに返していたら、スマホの画面が光る。

プロデューサーからの電話だった。表示された名前は「坂下さん」。たしかこのころ、一緒に仕事をしていた女性だ。

「あ、ちょっとごめん。電話出るね」

夢なら律儀に出る必要もないのかもしれないが、性分的に無視できない。晶くんがまだ怒った顔をしているし、悠も寝ているので、私はそそくさと廊下に出て、向かって左にある仕事部屋に入った。

仕事部屋も、三十四歳当時に使っていた様子とまるで同じだった。狭い部屋に、ぎゅっと押し込んだ本棚が二つと、パソコン机。窓には、置き型のクーラー。北向きの部屋なので、晴れた今日でも少し暗い。

「はい、伊藤です。すみません、電話に気づかなくて……」

出たとたん、

『あーッ、先生！　よかった！　先生に限ってそんなことないって分かってますけど、逃げられちゃったかと思いましたよォ！』

坂下さんは切羽詰まった様子だった。どうも、まずい状況らしいと気づく。

「ええと……」

まだ状況が把握できていない私は言い訳を探す。

「その、子どもが熱を出しちゃって、す、すみません」

『あっ、そうなんですか！　それは大変でしたね、でもこっちもこっちでさすがにもう待てないので』

私はパソコンのマウスを動かしてみた。スリープ状態だったらしいパソコンは、すぐに起動して、画面には書きかけのシナリオが出てくる。ざっと読んだら、このころ手がけていたドラマの最終回のホンだった。

『今日の午前中にいただける予定でしたよね!?　もう撮影入っちゃうんですけど！』

「あっ、あの、すぐ書きます。えっと、今できてるところまで一回送るので撮れるシーンから撮ってもらっていいですか？　あとはラストだけなので……」

『分かりました！　一時間でください！』

この切迫感、緊張感。不意に本能のように思い出した。全身が強く引き絞られ、脳が一気に動き始める。

眼の前のシナリオの記憶が蘇ってくる。最後の最後にラストシーンで行き詰まり、悩んで、何度も書き直して、結局撮影が押した部分だ。

でも「今の私」はこのラストをどう書いたか、覚えている。一度書き上げているからだ。悩まなくても書ける。細かいところは思い出せないけれど、一回書いたのだからなんとかなる。

ひとまず最新のファイルを坂下さんに送り、最終回のシナリオを、冒頭からざっと読み返す。そのうちに記憶が鮮明になってきた。

言葉の中に、自分の集中力がぐん、と入っていく感覚。スポーツで言えばゾーン状態というのだろうか。ラストシーンに手を着けた瞬間から、周りの音さえ聞こえなくなり、私は一心不乱にキーボードを叩き、書き上げていった。

手応えを感じる。これはいい出来だ。頭の中に、すっと一本の糸が通ったような爽快感がある。誰がなんと言おうと、自分が書いたものは面白い！　そんな自信が全身に漲《みなぎ》った。私はこれを書くために生まれてきたのだという確信すら、湧いてくる。

書き上げた勢いのまま、ファイルを坂下さんにメールし、即座に電話した。

「書けました！　確認お願いします！」

手元でファイルを開き、読んでいるのだろう。しばし無言だった坂下さんが、興奮し、涙の混じったような声音でわっと歓声をあげた。

『先生ッ、素晴らしいです！　ありがとうございます！　これでいけます！　監督も納得すると思います！　絶対いいドラマになりますよッ』

それ以上話す時間はないようで、坂下さんは叫びながら電話を切った。

仕事を終えると、言い尽くしがたい高揚感と、充足感が体中に残っていた。思わず、満足のため息が出る。

いい仕事ができた、やりきった、と思うときの、至福の感情が胸中をいっぱいにしていた。

でもその、深い満足はそう長くは続かなかった。

不意におかしい、と思った。

これは夢ではなかったの？

夢なら、あちこちから着信が来ていたり、ドラマの仕事が押していたりするだろうか？　しかも、キーボードを叩いてシナリオを仕上げたこの感覚は、あまりにも生々しい。

だとすると、やっぱり時間が巻き戻った？

そうだとしたらなぜ？　私はこれから、どうすればいいのだろう？

狭い仕事部屋の、さして座り心地がいいわけでもないデスクチェアに座り込んで、私はしばらくの間、呆然としていた。

いくら考えてみても、この状況についてはさっぱり分からなかった。そもそも時間が巻き戻るなんてことが、本当にありえるとも思えない。

巻き戻った瞬間――と言っていいなら――私は悠の懐かしい匂いを嗅いで、巻き戻った！　と確信したけれど、その直後から自信がなくなった。だから一旦は、都合のいい夢でも見ているのだと結論づけて、覚める前に赤ちゃんの悠を堪能していたのだ。

でもこれが現実だとしたら？

分かっていることは、今の私は三十四歳だが、四十歳までの記憶があるということだけ。

それにしても、本当に巻き戻ってきてここにいるのだとしたら――きっかけは悠の首を絞めて、気絶したからかもしれない。

思い出したとたんぞっとして、私は腕組みを解き、両手で顔を覆った。

「あのあと……悠はどうなったんだろう……」

小さく、不安が漏れる。

ソファに倒れた悠は、うっすら眼を開いていた。殺してしまったのか、それとも大丈夫だったのか、分からない。

すぐに悠の無事を確かめるべきだったのに、私まで倒れてしまったなんて。

もやもやと罪悪感が湧き上がってくる。自己嫌悪で激しく指が震える。今すぐに七歳の悠に会って、ちゃんと愛していると伝えたかった。あれは間違いだと、ママは悠に乱暴するつもりはなかったと。

変な話だが、悠はもとの時間軸に取り残されていて、私だけが巻き戻った、と仮定することだって可能だ。

その場合、「あっちの世界」の私は死んでしまったのだろうか？　それとも、存在ごと消えてしまったのだろうか。

どちらにしても、あの現実自体がなくなっていてほしい。そうすれば、私が悠を殺したかもしれないことさえ——消えるから。

「……でも、なんでこの時期なの？」

ふと思いつき、顔をあげる。

首をひねっていたら、仕事机の上に置かれた写真立てが眼に入った。

「あ……これ」

思わず手にとる。それは私の母が、生まれたばかりの悠を抱っこしている写真だった。

写真を見て、やっと思い出した。

「そっか……お母さん、ついこの前死んだんだ……」

母が五十四歳という若さで死んだのは、私が三十四歳の、五月初旬のことだった。

今日は五月二十五日。日程的に、地元でお通夜と葬式をすませて東京に戻り、仕事と育児をなんとか再開させた日だと思い出す。

本当なら三十四歳の、母を亡くしたばかりの私は、今が人生で一番辛いときだったはずだ。

母は私にとって、特別な存在だった。彼女は私を誰よりも傷つけた人で、私を生きづらくさせた人だった。と同時に、私が心から愛した人でもある。

二十歳で私を産んだ母は、私の結婚が三十を過ぎてからなのも気に入らなかったようだし、仕事を優先してなかなか子どもを産まないことについても文句を言っていた。

三十三歳でやっと悠を産んで、母が望むタスクを果たしたと思ったとたん、悠がまだおしゃべりもできないうちに呆気なく、脳出血で逝ってしまった。

このころの私は——本当だったら、毎日毎日、突然やってくる喪失感と絶望にぎりぎり耐えながら、仕事と育児をこなしていた。晶くんは仕事が忙しくて、全然帰ってきてくれなかった。

それは仕方がなかったと分かっている。

でも、息をしているだけでも苦しい、悠のためにご飯を用意しているとき、フォークを引き出しから取り出すとき、食器を洗おうとしたとき、頭から思考が抜け落ちる日常の些細な瞬間に突如襲ってくる、「死にたい」という気持ち。

生きるのが辛い、明日がくるのが怖い。

そんな絶望感と、自分ではどうにもできない抑うつ感情と常に戦っていた私は、心の中でずっと、誰かに助けてほしかった。

一人の時間を作って、一度しっかり母の死と向き合って悲しみに暮れたい。当時の私はそう望んでいたけれど、現実は容赦がなかった。一歳三ヶ月の子どもの世話は、私の気分がどうであろうと隙間なく襲ってくるからだ。

死にたい気持ちに耐えながら保育園の送迎をして、朝と夜のご飯を出して食べさせ、遊んであげ、お風呂に入れて、寝かしつけて。翌朝になると、晶くんはとっくに出社しているから、一人で悠を起こして、また同じことを繰り返す。心も体もぼろぼろだった。

だから当時の私は、仕事に逃げた。

仕事に没頭していたら、辛い現実も、死にたい気持ちも忘れられた。保育園に延長を申し入れ、給食で夕飯をまかない、夜まで迎えに行かないようにした。ただひたすら、一秒でも長く、一人になりたかった。

笑いたくもないのに、悠には笑顔で接しなければならないし、明るく声をかけねばならない。それが苦痛だった。

悠がいるから死んではいけないのに、私はとてつもなく死にたかったから、本当に死んでしまわないように悠と距離をとった。晶くんにだって、本当は言いたかった。私は今辛いのに、助けてほしいのに、どうして帰ってきてくれないの。

でも、言えなかった。

言っても困らせるだけだと分かっていた。きっとあのころ、一番無力な悠が親の都合の犠牲になってしまい、結果的に悠は一時期、私を避けるようになった。一歳五ヶ月の悠が、荒んだ眼をしていると思ったのは、私が悠を軽んじたから。実際はどうか分からないが、少なくとも私はそうだと思っていた。

それでも当時は仕方がなかった。三十四歳の私には、できるだけ一人になり、母の死から立ち直る時間が必要だった。だけど、「今の私」の本質は四十歳だ。

「もうお母さんについては、立ち直ってる。……ちゃんと悠と向き合ってあげられる」

だから神さまは、この時期に私を戻してくれたのかもしれない。母のお葬式も、初七日も終わって、私が休んでいた仕事を再開するその初日に――。

これはきっと、六年後の私からのメッセージに違いない。

同じ生き方はするな。ずっと後悔していたでしょう。仕事をしたって、西田舞ほどの結果は出せない。

それよりも、できなかった育児をしよう。「いいママ」になって、今度こそ悠からチューリップをもらうのだ。そうすれば、悠に手をかけたりもしない。

私は希望を見つけた気がした。

選ばなかったもう一つの未来を、生きてみよう。
四十歳の私にそう、言われていると思えた。

三十四歳、続く初夏

「どういうこと？　なんで保育園連れてかなかったの？」

晶くんを待たせたままだったので、一旦仕事部屋を出てリビングに戻ると、晶くんは寝ている悠を和室の布団へ運んでくれていた。

コーヒーを淹れてから、リビングのテーブルで向かい合って座る。晶くんはスーツも脱がずに、「説明しろ」と言わんばかりの眼差しで私を見ていた。

「仕事が……その、思ったより早く片付きそうだったから、保育園を休ませたの。……連絡は、したと思い込んでたみたい」

まさか時間が巻き戻ったとか、夢だと思っていたなんて言うわけにはいかないので、苦しい嘘をついた。

「え？　でもさっき仕事してたよね？　片付いてなかったってことでしょ？」

ちらりと時計を見ると、私はおそらく三十分ほど仕事部屋にこもっていたようだ。晶くんは不審げに私を見ている。

「あれはほら、あれだよ」

私は苦し紛れに弁解する。気まずくて、つい晶くんから眼を逸らしてしまう。

「急な直しが入ったの。スマホ見てなかったからプロデューサーさんの電話に気づいてなくて」

「昨日は、今日が締め切りでめちゃくちゃ忙しいから、保育園延長するって言ってなかった？」

覚えていない昨日の会話を持ち出されて、ぎくりとした。晶くんは私の言葉を信じていないようで、しかめ面だ。

「ああ、そうだったね？　うん、それが、夜中に眼が覚めちゃって、そのとき書けそうだったから書いて出してたんだ」

私はたまに真夜中に眼が覚めて、ぱっとアイディアが浮かんで書き上げることがある。だからこれなら信憑性があるだろう。

晶くんはまだ不満そうだったけれど、一応納得してくれたようで「なるほどね」と頷いた。

「とにかくもう、連絡がとれないとかやめてよ。不安になるでしょ」

まるで生徒を叱る教師みたいな口調だ。たった五歳差とはいえ、年上だからなのか、晶くんは時々私に対して先生のように振る舞う。根が真面目なせいかもしれないが、完璧主義なせいもある。

本人はあまり言わないが、晶くんは父親として夫としてこうあらねば、という気持ちが結構強いタイプだ。その分私に対しても「母親として」こうあってほしい、という願望があるらしい。

べつにそれを、責めたいわけではない。ただ、それだったら晶くんの思う理想の母親に私がなれば、最終的には満足してくれるだろうと期待をかけて、私は「実は仕事のことなんだけど……」と切り出した。

「そのー……悠はね、保育園に行かせずに、私がみようかなって思ってるの」

言ったとたん、晶くんは眉間にぎゅっと皺《しわ》を寄せた。

「え？　それでどうやって仕事するの？　すぐに新しい仕事に入るって言ってなかった？」

「ああ……それは……断ろうかと思って」

次に予定しているのは、私が多忙を極めて、悠を遠ざけた仕事だ。

深夜帯のドラマのシナリオ。「前の私」は、その帯で視聴率一位を獲った。私にとっては出世作だけれど、もう育児に専念するつもりだから関係ない。

ほんの少しだけ未練があるけれど、私はそれを無視することにした。

晶くんは怪訝《けげん》そうだ。私が仕事を大好きで、命がけでやってきたことを知っているから。

「なんで？　なにか問題ある制作会社だったとか？」

「そういうのじゃなくて、えーっと……しばらく母親業に専念したくなったの」

「仕事辞めるわけじゃないよね？」

困惑気味に訊かれる。いや、辞めるつもり。

そう言いたいが、今言うと反対されそうな空気だった。どうして？　辞めたら、あなたの思うような理想の母親になれそうなのよ。とでも言えたら楽だが、晶くんは私に「いい母親」を求めるのと同時に、「仕事に努力する女性」、という姿も求めている。

彼自身が成長への欲求が強いから、身内が怠惰に見えることを望まないのだ。

今辞めると言うと、たぶんだが、私が仕事から逃げ出したように見えるだろう。私はやっと少し注目されるようになってきた脚本家で、まさにこれからが正念場だった。

「……お母さんも亡くなったばかりでしょ、ちょっと気持ちに余裕がなくて、このままじゃ心を病んでしまうというか……だからしばらく、仕事を休みたいの」

もうとっくに心の傷は癒えているのに、母の死を持ち出すと、晶くんはちょっと体を引きながら「ああ……」と頷いた。さすがに、この理由にはケチがつけられないだろうという私の目論見は当たっていた。

「そうか……でも、大きいチャンスだって言ってたのに、本当にいいの？」

「えーと、今たぶん、どうせ書けないと思う」

これも嘘だが、傷心で無理だと伝えるしかない。晶くんはついに「分かった」と折れてくれた。

「じゃあ、保育園には僕から休園の手続きしとくよ。一ヶ月は休めたはずだけど……それでいい？」

「私がするよ、暇なんだし」

本当は一ヶ月なんかじゃ足りない。休園じゃなくて退所の手続きをしてしまおうと思って言うと、晶くんは「仕事行くときに保育園に寄れるから。悠連れて手続きしに行くの、大変でしょ？」と引き下がらなかった。

「大体美汐ちゃん、こういう事務手続き苦手でしょ。子育ても、僕は平日ほとんど助けられてないし、これくらいやるよ」

　こういうときの晶くんは譲らない。彼は基本的に善良で正義感も強いので、妻のためにやれることを取り上げてしまうと、逆に機嫌を悪くする。

「あー……じゃあ、お願いします」

　勝手に退所してしまおうと思っていたけど、すぐには無理そうだ。一ヶ月かけて、晶くんを説得しようと心に決める。

　今住んでいるこの場所は保育園激戦区だ。少ない枠をなんとか勝ち取って入園したのだから、まさか私が悠を退所させるつもりだなんて、晶くんは思いもよらないだろう。

「美汐ちゃん大丈夫？」

　先のことを考え込んでいると、晶くんが気遣うように訊いてきた。眼を見合わせると、「ドラマの仕事……」と、晶くんは悲しそうな顔になった。

　諸々の疑いが晴れ、当面についての話し合いが終わったからか、晶くんは声音からも表情からも緊張を解き、いつもの優しい雰囲気に戻っていた。

「せっかくのチャンスを逃すことになって、辛いだろうけど……きっと次の仕事もくるって僕は信じてるからね」

　ああ、全然そんなことは悩んでいない、と私は内心で応えた。私は四十歳まで頑張って仕事をして、それで得られた結果を知っているのだ。でも晶くんは、私が仕事に命を懸ける女性だと思ったままだから、母の死のせいで書けなくなったことを不憫《ふびん》に思って、励ましてくれている。

「うん、ありがとう。私も元気になったらもう一度チャンスを摑みなおすつもりだから」

「そっか、頑張って。僕は仕事持って帰ってきたから、悪いけど部屋にいるね」

３ＬＤＫのマンションの狭い一室が、晶くんの部屋だ。晶くんは自分のコーヒーマグを持って立ち上がると、ビジネスバッグを抱えて部屋に引っ込む。

一人になって、私は悠が寝ている和室へ物音を立てないよう、四つん這いでにじり寄った。襖《ふすま》を少しだけ開けて隙間から覗くと、悠が布団の上でぐっすりと眠っているのが見えた。

「よし。……今のうちに、残りの仕事断ろう」

そう呟いて、私も足早に、仕事部屋へ移動した。そうして今依頼がきている仕事の一つ一つに、丁寧なお断りメールを出したのだった。


悠は眠りが深い子なので、一度寝るとなかなか起きてこないことを、私は思い出していた。もうすぐ夕方の五時になろうというのに、悠はまだ昼寝をしている。ベランダに続く東向きのサッシ窓から見える空は、夕方の気配を孕んでいた。

私はというと、またしても四つん這いでリビングから和室を覗き込むという、なんだか変人じみた恰好をとっている。少し離れたところから見ているだけでも、寝ている我が子の姿はとてもかわいい。

そういえば、保育園では起こされていたと思うけど、土日の悠は大抵今と同じように長時間の昼寝をとっていた。

そして「前の私」は四時近くなっても悠がお昼寝をしていると、いつもひどく葛藤していた。しっかり昼寝してしまうと、悠の眼が冴えてしまい、夜の寝かしつけが困難になる。かといって起こすのもかわいそうだし、悠が寝ている時間はかけがえのない自由時間なので自分でそれを壊すのがもったいなく思えた。でも、起こさなければ夜の私が大変になる。

けれど「今の私」はもう、気にしなくていいと思っている。寝かしつけが大変でも、どうせ明日からは保育園もないし、いちいち睡眠のことできりきりしなくていい。第一、「今の私」には仕事がない。

悠だけに時間を全部使えるのだ。

我が子のことだけを考えて、我が子のためだけに生きると決めた。

ふと脳裏を、七歳の悠の胸ぐらを摑み上げた光景がよぎる。両手で摑んだ悠のトレーナーと、その下の細い首の感触が蘇り、指が震えた。

同時にもう一つ瞼の裏に浮かんだのは、トイレに落ちた血の塊だった。

私が殺しかけた、あるいは私が殺した、二人の子ども……。

どくりと心臓が痛んだ。脈が速くなり、私はそうっと悠が寝ている和室から離れた。

震える指にぐっと力を入れて、私は思考を追いやった。少なくとも、悠のことはこれからいくらだって変えていける、大丈夫、と自分に言い聞かせた。

でも胸の片隅で、小さく異を唱える声がある。

——やり直すことが、本当に私の望んでいること？　本当にそれが、悠のためだと言える？

私がしようとしていることは、愚かで、不気味で、独善的で、不自然なことじゃないのか——。

そのとき、スマホに電話がかかってきた。サイレントからバイブレーションモードに切り替えておいたので、スマホは穿《は》いていたジーンズの後ろポケットでぶるぶると震えていた。

見ると、プロデューサーの逢坂さんからだった。おそらくついさっき、私がメールで深夜帯のドラマの仕事を断ったからかけてきたのだろう。

話が長くなりそうなので、仕事部屋に移動して電話に出ると、『お世話になっております。逢坂です』と定型の挨拶が聞こえてきた。お世話になっております、と私も返す。

『ついさっきメールをいただいて読んで……困惑してます。先生、どうかされたんですか？原作もお読みになって、ぜひやりたいと仰《おつしや》ってたのに……』

逢坂さんは心配そうな声だった。私はさすがに、胸が痛んでしまう。

「心配かけてすみません」

『いえ、それよりもびっくりして。先生はお仕事大好きですのに、こちらでなにか失礼なことをしてしまいましたか？』

どこか切羽詰まり、非難されることを覚悟しているような逢坂さんに、ますます申し訳なく思ったし、慌ててそこは否定した。

「そんなまさか。逢坂さんやスタッフさんがどうとか、そういう問題ではないです」

『ではどうして……』

困惑しきった逢坂さんに、私はなにをどう説明しようか、しばらく悩んだ。

他に断った仕事は、単発のコラムやらなんやらの、まだ締め切りまでかなり猶予のあるものだったし、私でなくてもいいような内容ばかりだった。だから、「育児に問題が出て」と切り札を出せば、「それではまた次回、ご縁がありましたら」とすんなり、メールだけで話がついた。そしてたぶん、次回はないだろう。先方にしても、育児に問題があるからとだけ言って、詳しい説明もなしに何ヶ月も先の仕事を断る人間と、二度と仕事はしたくないはず。

でも、逢坂さんとはメール一本ですむわけがないのは分かっていた。逢坂さんは誠実な人だ。駆け出しの脚本家に対しても、常に丁寧に接してくれる。

そして、これまでの私が保育園を延長してでもシナリオをあげてきたのを知っている人でもある。育児に問題が出たので、だけでは仕事を断る説得力に欠ける。

一度深呼吸して、気持ちを落ち着かせてから、私はとりあえず説明を試みた。

「……メールにも書いたように、その、子育てに専念したくなって……」

『悠くんになにかありました？』

相変わらず心配そうな声。逢坂さんとは産休に入るとき、子どもが生まれてすぐ仕事に復帰したいけれど、それができるかどうかは子どもの気質次第だと話し合ったりしていた。

「前の私」はキャリアを捨てたくなかった。だから妊娠中、大きくなるお腹に向けて何度も囁《ささや》いた。

――生まれてくる赤ちゃん。どうかママに、仕事をさせてね。

悠は私の望みどおりの赤ちゃんだった。生まれて二ヶ月めには昼夜のリズムを覚えてくれて、一度寝ると五時間、六時間と寝てくれた。夜中に授乳で起こされる頻度も少ないほうで、体力のない私でもなんとか育てられた。昼にも四時間は寝てくれたから、保育園に入れる前から、私は少しずつ仕事ができた。悠が寝ている時間を、私は仕事にあてて邁進《まいしん》してきた。産後の体は弱っていて、いくら育てやすくとも慣れない育児で疲れていたのに、私は仕事をし続けた。やっと摑んだ夢の切符を手放したくなかったから。

――そうやって努力しても、たどりつけるのは一番上ではなかったのに。

妊娠中、まだお腹にいた悠に向かって、「仕事をさせてね」なんて、頼まなきゃよかった。悠は赤ちゃんのときは手がかからないほうだったけれど、小学生になったら、近所の子とは遊ばないし、支援クラスを勧められた。

私が悠を、そうなるように育てたからかもしれない。

四十歳の私はそう悔やんでいた。

七歳の悠を思い出すと、苦しかった。YouTubeを見ているあの小さい背中から、責められている気がした。

「問題というか……その、もっと子どもとの時間が必要だと思ったんです」

『でもこの仕事、大きなチャンスだと仰ってたじゃないですか。一話めの草稿も既にくださいましたよね？　とてもよく書けていて……もったいないです』

そういえば原作を読み終えてすぐ、思いついて草稿を書いたんだっけ。六年後の私にはそんな時間の余裕はなかったのに、このころの私は仕事をどうしてもとりたかったから、できることはなんでもしていた。

逢坂さんは、私のそういうやる気や仕事の速さも買ってくれていた。

『先生の草稿素晴らしかったですよ。いただいた構成案もよかったです。ぜひこれをもとにドラマを作りたいです。もちろん、悠くんとの時間をなくせという意味ではなくて……私どもスタッフも、先生がバランスよく仕事できるように配慮しますから』

力強く言われる。

『以前ご一緒した先生の中には、まだ生後数ヶ月の赤ちゃんがいらして、会社に来て書いていただいている間、スタッフ持ち回りで面倒をみた、なんてこともあったんですよ。ですから……』

「いえそんな、さすがにそこまでしていただくわけには。それに、それだと……」

私は言葉が上手く出てこなくて、困った。それだと結局は悠を人任せにしていることになり、保育園に預けているのと変わらない、とは言えなかった。逢坂さんがこれほど親身になってくれているのに、失礼だ。

困ったことに、きっぱり断るつもりだったのに、熱っぽく説得されると未練が出てくる。

『天国から愛について』は原作のエッセイそのものがとても面白い作品で、愛というものが人々に見せる美しい妄想を、様々な側面から議論している。私には、この作品の言わんとすることがすんなりと分かった。私もずっと、「愛は暴力とさほど変わらない」と思っているから。

私が書けば――絶対に面白くできる。

原作者にも絶賛してもらった。役者も喜んで演じてくれた。スタッフにも熱があって、一緒に一つの作品を作り上げた。そうして、深夜帯視聴率一位を獲った。

私の名前が業界に広く知られる、最初のきっかけとなる作品。

これを逃せば、もうあの、ささやかなドラマアワードの賞と盾は、手に入らない……。

もう一度、やってみようか？

神さまが時間を巻き戻してくれたと思った。それはなにも育児のことじゃなくて、仕事のことだったかもしれない。今度こそもっと効率よく、上に行くための作品作りができるかもしれない――。

でも私の脳裏には、チューリップを持つ、六歳の悠の姿が思い浮かんだ。保育園の卒園式の日。悠が晶くんに、チューリップを差し出している。とても微笑《ほほえ》ましい光景なのに、思い出すたびその映像は薄暗い靄《もや》に包まれる。当時の私の、失望を反映して。

「あの……本当に、すごくやりたかった仕事です。でも……今の悠には私が必要で……なので、今回は他のかたにお願いしてもらってもいいですか……？」

逢坂さんが数秒、黙った。

『どうしても、ですか？』

「どうしても、です」

言うとき、ぐっと胸が詰まる。申し訳なかったし、苦しかった。

電話の向こうで悲しそうなため息の気配がある。

『……分かりました。でも、先生とはまたご一緒したいので、落ち着かれたら教えてください。いただいた構成案は、よかったら参考にさせていただいても？』

「もちろんです！」

逢坂さんは信頼できる人だから、構成案を参考にするといっても次の脚本家にそのまま渡したりはしないだろう。私はなんとか、穏便に断りが入れられそうでほっとした。

『……先生、脚本家を、お辞めになるわけじゃないですよね？』

そのとき用心するような口調で訊ねられて、答えに窮した。辞める。辞めるつもりだ。だけど心のどこかにまだ迷いがあるのかもしれない。逢坂さんに辞めると言ったら、もうなにもかも本当に終わる気がして、その一言が出なかった。

「子育てしながら、ちょっと……よく考えようかと」

『先生はこれからの人ですから、続ける方向で考えてください。私は……先生のホンが好きですから』

強いその言葉に、胸を打たれた。逢坂さんは本当に私を見込んでくれているんだ。このままで終わる人間ではないと、信じてくれている。その期待に応えたい。もっと面白いものをたくさん作りたい……そう思ったけれど、そうしたら悠の育てなおしはできない。

私は曖昧に返事をして、電話を切った。

五分かそこらの会話で、私はどっと疲れて仕事部屋のチェアに座り込む。

——先生、視聴率一位獲れましたよ！　先生のおかげです！

たった今断ったドラマが視聴率一位を獲ったときの報《しら》せを、一番にくれたのは逢坂さんだった。まるで自分のことのように喜んでいた逢坂さんを思い出す。「前の私」は、あのとき悠を放って仕事をした苦しみが、ほんの少しだけ報われたと思った。

あそこで報われたのは、私だけだったろうか？

私の今回の決断は、逢坂さんの喜びを奪うものかもしれない。

沈みそうになる思考を、そこで止めた。

「悠を育てなおすって決めたでしょ。……いいママになろう」

自分に言い聞かせるように、私は呟いた。

それが、それだけが、自分の価値であると、思い込もうとしていた。

翌日早朝、私は晶くんが家を出て行くドアの音で眼を覚ました。夢うつつに、自分が今三十四歳で、晶くんはこのころ、在宅ワークではなかったのだと思い出す。

このマンションに住んでいたころ、晶くんは七時前に家を出て、夜十時前後に帰ってくるのが常だった。

眼を開けると、悠が私の隣で、万歳の体勢で眠っているのが見えた。遮光カーテンの隙間からは、朝の弱い光が一筋、差し込んでいる。あともう十五分もすれば、東向きのリビングは光でいっぱいになるだろう。

起きて、悠の朝ご飯を作らなきゃ、と考えたところで、そうだった、悠はもう保育園に連れていかないから、私は心ゆくまで寝ていられるのだと気づき、ほっとした。悠と一緒にゆっくり起きようともう一度目をつむる。

瞬間、耳元でぐずる声が聞こえてきた。

悠が泣きながら、むずかるように身じろぎしている。

「あ……そっか、悠、起きぐずりするんだったっけ」

すっかり忘れていた。とりあえず抱っこをして背中を優しく叩いてあやす。

無理やりに起きたから、低血圧の私は頭がふらふらしていたけれど、パジャマの襟元を開けておっぱいを吸わせた。悠は乳房に吸いついて、やがて落ち着いたらしく、ぱちりと目を開けた。

「おはよー、悠くん……」

三十四歳の若さなのに、体が重たかった。疲労が、鉛みたいに体に溜まっている。

まだ寝たい、眠りたい。昨夜は結局、昼寝しすぎた悠がなかなか眠らずに、夜が更けるほどハイテンションになって、それに付き合うだけでくたくたになってしまった。一晩寝ても、疲れはまだ残っている。

さっきまで二度寝できると思い込んでいたが、考えてみれば赤ちゃんというのは、こっちの状況や事情など関係なく起きるし、眠るのだった。

のんびり育児すればいいのだから楽勝だと思っていた、ついさっきまでの自分の呑気《のんき》さを呪う。

でも、私の顔を見て笑う悠を見たら、そんなことはどうでもよくなった。

「よし！　朝ご飯の前におむつ替えようか！」

気合を入れて悠をころんと布団に寝転がし、「悠くーん、おむつ見せてね〜」と言いながら、パンツ型のおむつの中を確認しようとして——ずるっと脱がした瞬間、悠のおちんちんから噴水みたいにおしっこが噴き出した。

ちょうど近づけていた私の顔に、盛大におしっこが降りかかる。

「う、わあああっ」

私はありえないほど取り乱した。こんなことがあるなんて、欠片《かけら》も考えていなかったし、覚えていなかった。

濡れたのは私だけじゃない、布団もシーツもだ。

こうならないために、赤ちゃんのときはタオルとか、おむつシートとかを敷いてからおむつを脱がせていたのを今思い出す。

そこからはもう、てんてこ舞いだった。とりあえず悠のお尻をきれいにして、おむつを穿き替えさせ、濡れた肌着を脱がして新しいものに替える。自分の顔はティッシュで拭いただけ。

悠はどうしてだか、おむつを穿かせようとするとぎゃあぎゃあと泣いた。おむつくらい素直に穿いてよ、と思ったけど、思い返せば悠は着脱のときにむずかる子だった。

それを思い出せたからといって、悠長にしている時間はない。シーツを洗濯機に放り込まなきゃいけないし、布団にしみたおしっこを拭いて、どうやったらきれいになるのかも調べなきゃならない。

でもその前にお腹の空いた悠が泣きだし、私の足にまとわりついて離れなくなる。

「ああ……待って、悠くん、ちょっと待ってて。ママ今、忙しくて……」

そう言ってから、ハッと我に返る。

――ちょっと待ってて。

これは、「前の私」が何度も使った言葉だ。忙しいからちょっと待ってて。そう言ってずっと悠を待たせた。今回はそんなことしないと決めていたのに、巻き戻ってたったの二日めで、もう「ちょっと待ってて」と言っている。

「おしっこ汚れなんてどうでもいいか！　よし、ご飯にしよう！」

悠はまだ肌着姿だし、私は髪もぼさぼさ、くたびれたパジャマのまま顔も洗っていないけれど、悠がしてほしいことを最優先しようと決め、早速ご飯を作ろうとキッチンに入る。

でも、「一歳三ヶ月の子がなにを食べるのか分からない問題」に、昨日から引き続き直面してしまった。

保育園に毎日出していた連絡帳を再度見直すと、ヨーグルト、バナナ、納豆のオンパレードだったけれど、時々違うものが混ざっているのに気がついた。四月八日のところに、葉野菜としらす混ぜご飯、と書いてあって、私はひっくり返りそうなほど驚いた。

信じられなくて、呆然とその記載を見つめる。七歳の悠は、葉野菜なんか一口も食べない。しらすだってほぼ食べない。このころは食べていたのだと知り、ショックを受けた。

よくよく見たら、私のコメント欄に『最近、野菜をご飯に混ぜないと食べなくなってきました』と書いてある。それに対する先生のコメントは、『園ではたくさん食べてますよ』だった。

――嘘でしょ？　赤ちゃんのときは野菜を食べていたなんて。

じゃあ育て方さえ間違わなかったら、悠は偏食にならなかったということ？　小学校で、散々担任から、「給食を食べない」と苦言を呈されることも、なくなるということだろうか。

ここでまた、「母の根気」問題が頭の隅に浮上する。

私の根気さえあれば、六年後の問題は回避できるかもしれない。

考え込んでいたら、悠がゲートのところに来ていて、「まーまー」と私を呼んでいた。

「悠くん、ご飯、今作るからね」

そう声かけしたのも束の間、悠はぎゃーっと泣き出した。ゲートの前にお座りし、びたんびたんと小さな手のひらを床に打ち付けて、身も世もなく、この世の終わりのように泣く。

私はそのあまりにも強烈な泣きっぷりに狼狽えて、また「ちょっと待って……」と言いかけた。慌てて口を閉じ、ゲート越しに悠を抱き上げる。抱っこすると、ひとまず泣き止んでくれるから、片手で抱えながら調理を始める。

冷凍庫を見たら、小さなサイズのご飯が、ラップに包まれて保存されていたから、ひとまずレンジで温める。

冷蔵庫にはしらすとひきわり納豆があった。温まったご飯にそれらをかけて、なんとか一品完成した。片手でやるから、ものすごく時間がかかるし、焦ってしまう。やっと悠を椅子に座らせて、ご飯とスプーンを置いて、「悠くん、ご飯だよ、いただきまーす……」と言っている最中に、飲み物と、あとヨーグルトもいるな！　と思いついて腰をあげた。走って冷蔵庫の前にたどりついた瞬間、背後から泣き叫ぶ声がした。

——えっ。この一瞬で一体なにが？

振り向いたら、スプーンを持った悠が、顔からできたてのご飯をかぶって泣いていた。テーブルと床、悠の肌着に、無残に散らばるしらすと納豆、そしてあつあつのご飯。

「悠！」

駆け寄って、抱き上げる。納豆でべたべたしている床を思いきり踏みしめてしまい、足の裏に潰れた豆がへばりついて気持ち悪い。でもそんなこと、今はどうでもいい。悠が火傷《やけど》しているかもしれないから、冷やさないといけない。

私はおたおたしながらガーゼを探し出し、水で濡らして悠の顔を拭いた。幸い、火傷はしていない。ただ顔を真っ赤にして泣いているから、まだ心配で何度か拭きなおす。

そのとき私の視界に、ようやく部屋の惨状が映し出される。

床に落ちたご飯。それらはテーブルと悠の椅子も汚している。さながらまぜこぜのふりかけを、あたり一面にかけたようだ。昨日は掃除をしなかったから、テーブル周りの玩具も被害に遭っている。納豆なんて、掃除するには地獄みたいな食材だ。

さらに襖の開いた隣の和室には、おしっこまみれのシーツや布団、悠のおむつや肌着が散乱したまま。悠自身も、全身に米としらすと納豆をまとい、べとべとになっていた。

さっき着替えさせたばかりなのに、また着替え。それにご飯作りも最初から。さらに、家の中はぐちゃぐちゃ。

一瞬怒りにも似た、途方のない虚脱感に見舞われる。

でもすぐに、こんな気持ちで育児をしたら駄目だと思い直した。

「今の私」には急ぐ仕事もないんだし、余裕を持ってやればいい。

そう自分の心を奮いたてた瞬間、鼻先にぷんと異臭が臭ってくる。

抱き上げている悠のお尻を包むおむつが温かくなり、湿ってくる。これには覚えがあった。

毎度毎度、なんで今？　というタイミングでやってくる、うんちだった。


悠が朝ご飯を食べ終えて、朝寝するころ、私は腕も上げられないくらい疲れきっていた。

掃除をしないといけない場所はそのままだし、私自身の身支度なんて一つもできていない。

それなのにもう既に、体力の限界で動きたくない。

若いはずなのにどうしてだろう。疲れた、と思ったとたんに、ふと、「書きたい」という欲求が湧いたが、私はそれを頭から振り払った。

なぜこんな気持ちが湧き上がるのか、まだ仕事への未練があることが、罪のように思えた。

悠が寝ている間に、掃除をしなければいけない。記憶では、悠の朝寝は短かった。和室の襖をそっと閉めて、床を拭いたり洗い物を食洗機に突っ込んだり。その間に腹が空腹を訴えて鳴った。自分の朝ご飯もまだだったと気づく。

時間が惜しくて、レンジでチンした冷凍ご飯に卵を直接割り、醬油をかけてぐじゃぐじゃに混ぜた。その適当な卵かけご飯を、立ったままスプーンでかっこんで食べる。

回っている洗濯機に寄りかかって、「おしっこ　布団　洗い方」で検索すると、クエン酸スプレーがいい、と出てきて絶望した。そんなもの家にはない。せめてクエン酸の粉がないかと、脱衣所の棚やキッチンの収納など、ありそうな場所を見ても置いてなかった。

クエン酸を買いに行けばいいだけだ。徒歩八分のところにスーパーがあるのは覚えている。だが財布とエコバッグを探そうとして、私はまた気づく。

赤ちゃんの悠を家に一人で置いて、往復十六分、ダッシュで品物を引っ摑んで買う時間を含めて、およそ二十分。

無理だ。どう考えても行けない。七歳の悠なら、「ちょっとスーパー行ってくるね」と言えばお留守番してくれた。でもたった二十分ですら、赤ん坊を一人にしていくのは危険すぎる。

たとえば眼を覚ました悠が、私を探し回ってどこかに体をぶつけたり、転倒したり、布団の中に入り込んで運悪く窒息だとか、考えてもみなかった場所で切り傷をつけて出血だとか、軽く想像するだけでも危険があちこちに潜んでいる。

悠が目を覚ましてから、抱っこ紐に入れて買いに行くしかないが、その前に自分の身支度もしなきゃいけないし、洗濯物も干さなきゃいけない。やるべきことを考えているとなにもかも面倒くさくなってきて、私はごとごとと動いている洗濯機により一層凭《もた》れかかり、長いため息をついた。

しばらくの間ぼんやりと落ち込んでいた私だったが、そのうち「なにを弱気になっているんだ」と自分が恥ずかしくなってきた。

せっかくやり直せる機会をもらえたのだ。

家事なんて、本来どうでもいいはずだ、悠だけに集中して育てればよかったと、四十歳の私は何度も後悔していたのに、忘れたのか。

自分の身なりだってどうでもいい。「前の私」は人に見られる機会もあったから、きれいでいようと頑張っていたけど、今回は仕事も辞めた。自分の見てくれなんか気にせず、悠だけにお金と時間を使おう。

もっともっと頑張って、「いいママ」になりたい。

——自分のことより家庭。一番は子どもっていう人、なんて言うんだっけ？

私は自分が理想とする「いいママ」を妄想した。

たとえるなら、「前の私」の近くにいた、朝倉さんみたいな人。

——良妻賢母？

ふと思い出した古くさい言葉。そうだ、私、良妻賢母になりたかったんだ、と思う。

べつに良妻賢母が女性の姿として正しいとは思っていない。女は家庭に引っ込んでろとも思わない。むしろ私の哲学は逆で、女でも好きに仕事をするべきだと思っているし、育児は夫もするべきだし、しない男はクソ食らえだと思ってもいる。

子どもを産んだら働きにくくなり、外野から「ママのくせに」といびられる世間や国の制度、風潮、同調圧力、そして男向けに作られている社会構造のすべてを憎んできた。

学校の面談や行事が、「専業主婦のママ」がいる前提で作られているようで——実際は違っていたとしても——憤っていたし、男が家事や育児をちょっと手伝っただけでイクメンと持ち上げられていると、図々しいやつらめ、と不平を垂れていた。

今だって、その価値観は変わっていない。

だけどそれでも、私は心のどこかで良妻賢母になりたかった。つまるところ、「ちゃんとしたママ」「ちゃんとしたお母さん」。無償の愛で子どもを支える、「いいママ」の像が、なぜかそこと重なっている。

できれば仕事をやりながらでも、「いいママ」になれたらよかったのだろうが、私にはできなかった。

悠のお世話だけに身を削って、自分のことに構わない私、を想像する。

そうすれば、心の底から我が子を愛し、身を捧げている「いいママ」になれる気がして、脱水でうるさく回る洗濯機の前で、一人うっとりとした。

三十四歳、少し先の初夏

「なんでそんなことしてるの？」

晶くんが、私を見て怪訝そうな顔をしている。怪訝というより、端的に言うと「ひいている」。

時間が巻き戻ってから、一週間。悠は一歳と四ヶ月になった。

週末になり、仕事が休みになった晶くんは初めて、私が悠に授乳しているところを見た。その直後の一言だった。

「断乳してたよね？　上手くいって、悠の食事量も増えたんじゃなかった？」

リビングのソファに座って悠にお乳をやりながら、私は言い訳を考えた。黙っていると、晶くんの目つきはだんだん私を気味悪がるものに変わっていく。

断乳していたはずの母親が、身勝手にも自分の欲を満たすために、我が子に己の乳首を含ませている。きっと、晶くんの眼にはそう映っている。そして気を抜くと、私自身にも悠におっぱいを飲ませたいという欲が、どろどろした醜悪なエゴイズムに感じられた。

考えちゃ駄目だ、と私は自分に言い聞かせた。これは「いいママ」になるためにやっていることなのだから。

「いいじゃない。母乳からしかとれない栄養もあるんだよ。考えてみたら、断乳が早すぎたなって反省したの。このままだと、悠が母親の愛情不足を感じるかもしれないでしょ？」

私の返事に、晶くんはぎょっとしたように眼を見張る。彼はこういう、母乳神話みたいな、前時代的な考えを嫌っている。

晶くんは私の隣に腰を下ろし、不安げに顔を覗き込んできた。

「美汐ちゃん……前にさ、断乳しても、ちゃんと愛情を持って子どもに接していたら気持ちは伝わるって、言ってたよね。僕ら、話し合ったと思うんだけど」

「……そうだけど、考えが変わったの」

「なんで？」

「あまりにも、悠との時間がとれてないし……」

「一緒にいられる時間が少なくても、子どもに愛情は伝えられる。悠は断乳に成功してたんだから、わざわざ戻すなんて……」

晶くんはちょっと言いづらそうに一度間を置いた。それから「おかしいよ」と私をわずかに責めた。

「親の都合で取り上げたものをまた簡単にあげるなんて……それこそ悠を振り回してない？」

言われて、微かに苛立《いらだ》った。私は「いいママ」になろうとしているのに、なぜお乳をあげたくらいで悪く言われなければならないのだ。黙っていると、晶くんが気遣わしげに切り出す。

「ねえ、僕もなるべく早く帰れるようにするから……美汐ちゃん、そろそろ仕事再開したら？」

晶くんはどうやら、今までどおりの生活がしたいらしい。

でもそんな約束をされても、私はへえ、本当に早く帰れるの？　「前」のときは、私がお母さんを亡くしたばかりで、死にたくてたまらないくらい辛かったときでさえ、帰ってこなかったくせに？　と考えてしまい、イライラした。

あのころの晶くんは本当は、私が異常なほど落ち込んでいるのに気づいていて、その私に関わりたくなくて逃げたんじゃないだろうか。「前の私」は、そう疑ってすらいた。もっともそれは、私の被害妄想だ。それでも何度も飲み込んだ、「助けて」という救難信号が、胸の奥に堆積して、恨みに変わっていたのが「前の私」。もちろん、晶くんへの愛情はあったから、夫婦生活を続けていた。

授乳が終わり、悠の背中をとんとんと叩きながら、「仕事は……まだ休む」と言うと、晶くんはますます気味悪そうな顔になった。

「仕事しないっていつまで？　保育園は一ヶ月以上休園できないよ」

晶くんの語調が強くなる。

「さすがにそれまでには、再開するんでしょ？」

「……分かんない。しないかも」

晶くんは固まったようだった。ようだった、というのは、私が晶くんの顔を見られなかったから。

「きみの仕事は……簡単に辞められるようなものじゃないだろ？」

辞めるつもりの私が信じられないのか、晶くんはなおも言葉を接《つ》ぐ。

「所詮はフリーランスだから、辞めようと思えばすぐ辞められる仕事だよ」

「そうじゃなくて……書くことは、美汐ちゃんの生き方そのものだったよね」

生き方そのもの。

焦ったような晶くんの言葉は、私の中に確かな重みを持って響いてくる。

晶くんの言うことは当たっている。

書くことは私の命であり、生き方そのものだった。それが、必死になって駆け抜けた「前の私」の原動力だった。作品を作ることは苦しかったけど、楽しかった。

けれど一つの目標を成し遂げたあと、残ったのは虚《むな》しさだった。

今必死に頑張れば、仕事がなくなることはない。だけど、悠と過ごす時間はなくなるし、なにより――悠からチューリップをもらえないのだ。

「仕事は辞めないほうがいい。絶対に」

晶くんは私の手を握って、ぐっと視線を合わせるようにしてきた。真剣な眼差しだった。

「前」の人生でも、晶くんは常に私の仕事を応援してくれていた。なにか一つ、シナリオが採用されてドラマが放映されたりすると、それがどんなに小さな仕事でも、ケーキと花束を買ってきてくれるような……そんな人だった。

晶くんに不満がないわけじゃないけれど、夫としてずっと尽くしてくれたことには感謝してなかった。

いる。だからすぐには、うるさいなあ、もう辞めるって決めたから、口出ししないで、と言え

「一応ちゃんと考えてるから、もう少し待って」

「ほんとに？」

疑いを含んだ眼を向けられて、ややたじろぐ。私は必死に知恵を絞り、「言ったでしょ」と

ちょっと怒った声を出した。

「お母さんが亡くなったばかりなんだよ。子育てもあるのに、仕事なんかできない。気持ちを

整理してるところなの」

「それなら尚更、悠を保育園に預けて、一人の時間を作ったほうがいいんじゃない？」

「悠といるほうが……お母さんのこと忘れられる」

嘘だ。「前の私」は母の死に苦しんでいたときにこそ、悠から逃げていた。晶くんは子ども

の世話など得意ではない私の性格をよく知っている。だから今も、怪訝そうな顔をしている。

「……それより、今日はお休みでしょ。このあとどうしようかっ？」

これ以上この話をしたくなくて、わざと明るく、声音を切り替えた。晶くんはまだ納得して

いない様子だけど、勝手に続ける。

「晴れてるし、せっかくだから公園に行こうか！」

「美汐ちゃん、疲れてるでしょ？　僕が悠を連れてくよ」

晶くんが、当然のように提案する。「前の私」だったら、喜んでお願いしただろう。でも私

は、今度こそ違う未来を掴むのだから、「子どもを連れて公園に行く」という重要なタスクを夫任せにしたくなかった。

「前」の人生では、晶くんが在宅勤務になるまで、平日はほぼ私のワンオペだった。その分週末になると、晶くんは率先して悠をみてくれた。私は普段疲れて悠の写真もそれほど撮れなかったから、思い出の写真は大体晶くんの端末の中にあって、そのことも私が後悔していたことの一つだ。

「私も行くよ。悠の写真もいっぱい撮りたいし。あっ、お弁当作ろうか？」

「いや、コンビニでなにか買えばいいよ。美汐ちゃん、顔色悪いけど本当に平気なの？」

気が乗らなそうな、晶くんのその指摘にぎくりとしたけれど、私は「大丈夫だよ」と笑って誤魔化した。「いいママ」はどんなときでも元気なはず。だから私も元気。心の中で、自分を洗脳するように唱える。晶くんに悠を預けて、朝ご飯を用意しようとキッチンへ向かう。

立ち上がったとたん、眼の前がくらくらと揺れた。

この一週間、私は一応、理想の育児をしている。

悠だけを見つめて、悠だけにかまけて、以前の後悔を繰り返さないように気をつけている。

無理やり再開した授乳の最中は、悠に向かっていっぱい話しかける。

家が汚れてイライラしても、悠が起きている間は家事より悠と遊ぶことを優先している。

テレビはなるべくつけない。天気のいい日は公園へ。ご飯は手作り。

四十歳の記憶があり、仕事もない今なら、それらはすべて簡単にできると思っていた。

でも一週間その生活を続けてみたら、それは予想ほど簡単ではなかった。

授乳中はしばらくすると退屈になって、気がつけばスマホを見ていたりするし、汚れ物を放置し、悠が床一面に散らかした玩具を片付けないで悠に集中することはストレスだった。あっちにもこっちにも埃が溜まっているし、汚れた食器や、洗濯機の中で洗われないまますっすら臭っている衣類も本当は気になる。

悠が放り出した玩具も、後ろからついていって拾い、全部玩具箱に入れてしまいたい。もちろんそれらは片付けたところでまたすぐ箱ごと倒されて床に散乱するのだが、それでも本当はそうしたい。

テレビは極力つけないようにしているけど、食事の支度中、何度も悠に邪魔されるから、教育番組を見せたい衝動に駆られた。三秒ごとに「ままー」と呼ばれて、早く行ってあげなきゃと焦った挙げ句に包丁で指を切ったときは、喉元まで「ママ今、忙しいの！」という怒鳴り声がこみ上げそうになった。それでついにその日は、テレビをつけてやり過ごした。

公園には、できるだけ連れていった。とはいえたった一歳四ヶ月の、まだほとんど赤ちゃんでしかない悠とはたいした遊びはできない。砂場で砂と戯れるか、私が抱っこして、ブランコに座ってゆらゆらと揺れるか。

そんな一週間の中で、私は七歳の悠のことを、度々思い出していた。七歳の悠は、良い子だったと思う。毎日きちんと学校へ通っていたし、宿題も素直にやっていた。人に乱暴を働いた話は一度も聞いたことがない。そばにいると、私の膝に乗ってきた。かわいい私の子どもだった。

でも、近所の子とは遊ばない。集団行動も苦手だった。なにか発達の遅れがあるのだと思う。私がもっと公園へ連れていって、友だちも作れたら、悠も少しは積極的に育つかもしれない。でもそうなったら、リビングでYouTubeを見て笑い、気に入った動画にすぐ影響されて「火星に生き物がいるとしたらママはどんなのがいい？」とにこにこしながら変なことを訊いてきたり、学校の休み時間に描いたそれほど上手ではない絵を「ママ見て。上手く描けたんだよ」と見せにきたり、七歳にしては細くて小さな体を、私にそっと預けてきたりする……あの悠は、いなくなるのかなと思うと、ふと胸が冷えるような喪失感に襲われた。心臓がどく、どく、といやな音をたてて、私のしていることは正しいのか？　と問いかける声が頭の隅で響いた。

でもそのたび、私は思い直した。私がどう育てたって悠の本質は変わらないのだから、きっと大丈夫だと。

「えっ、なにこれ」

朝ご飯を終えて、公園に行く支度をしている途中、玄関先で荷物をまとめていた私の背後で、晶くんが声をあげた。

私は玄関にある小さな収納スペースを開けて、公園用の遊び道具を選んでいるところだった。

砂遊びの道具、シャボン玉のセット、小さなボール……。もともと持っていたものに加えて、時間が巻き戻ってから新調したものがたくさんあった。遊んで帰ってきても洗いもせずに収納に放り込んでいたため、スペースの床は砂や泥でどろどろに汚れている。

振り返ると、晶くんはやや青ざめた顔で、

「バケツ、二つもいる？　このトラックとかも……なんで型違いを三つも買ったの？」

「あー……新しい玩具だと、悠、よく遊ぶから」

私は気まずくなり、今日持っていくものをささっと出してスペースを閉じた。

一歳四ヶ月の子どもは飽きっぽい。公園に行っても間が持たなくなるので、私は眼についた外遊び用の玩具を片っ端から通販していた。

一週間子育てしただけで私の疲れはかなり溜まっていて、時々今日は公園に行きたくないなと思ったりする。

そんな悪魔の囁き声から、自分を守るためにも目新しい玩具が必要だったのだ。悠が玩具に夢中な間は、私は相手しなくてよくて、体力を温存できたから。

それじゃ本末転倒だとは分かっている。だから私は毎回、次こそは全力で悠と向き合うんだと決意しなおして、公園に行く。

晶くんの疑わしげな視線を感じながら、メッシュの大きなバッグにバケツやシャボン玉セットを放り込んでいく。

今日は、その動作すら怠《だる》い。本当はとても疲れていて、動くのもいやだった。潑剌《はつらつ》と公園に行きたいのに、動いていると動悸がしてくる。

毎日の公園通い、手作りのご飯、誰にも頼らずに「いいママ」になろうと頑張るほど、気が張り詰めて疲労は蓄積していく。立ったり座ったりするだけで目眩がする。イライラが、頭の片隅にずっとある。でもまだたった一週間しか頑張っていない、と思うと、そんな自分が情けなくて、体の不調を認めたくなかった。

「ねえやっぱり、今日は休んでたら？　美汐ちゃんふらふらしてるよ」

「平気だってば」

これ以上言われるのがいやで立ち上がると、くらっと目眩に襲われた。

「本当に大丈夫なの？」

「ただの立ちくらみだから平気だってば」

虚勢を張って、悠が待っているリビングへ戻った。

出発を待つばかりの悠は、リビングで、朝日を浴びながら遊んでいた。晶くんも私のあとから入ってきて、私が悠を抱っこするのを防ぐよう、さっと悠の前に膝をついた。

重たいマザーズバッグも、いつの間にか晶くんが肩にかけていた。それに少しだけ、ムッとする。私の平気だという言葉を、晶くんが信じていないからだ。

眼の前に現われたパパを見て、悠は手に持っていたトミカの青い車を差し出した。晶くんが大袈裟に「くれるの？」と喜んでみせると、悠は天使のように笑った。

その光景に、ふと、いつか見た卒園式の記憶が重なって胸が痛んだ。でも私は自分の疲れも、そんな感傷も無視して「悠くん！　公園行くよーっ」と無理やり明るい声を出した。

私が体調を崩して寝込んだのは、それから二週間後のことだった。

たぶん、夢を見ている。

六歳の悠が見える。保育園の卒園式、悠は小さな体を、黒い礼服に包んで得意そうに笑っている。その瞳には、隠しきれない高揚と喜びが映っている。幼いながらに、自分が一つの節目を迎え、成長のときがきたことを誇らしく思っている、そんな瞳。

そこは二歳になるころに引っ越してから、卒園までおよそ四年通った保育園だった。四年間一緒に過ごしたクラスの園児たち全員と、悠はお友だちだった。

黒板には卒園児たち一人一人の顔写真が貼られ、「そつえんおめでとう」と色とりどりのチョークで書かれている。ピンクや白の薄紙で作ったお花の飾りや、赤や黄色の風船が、保育室のあちこちに飾られている。

晴れがましいこの日、親はみんな涙を浮かべて、これまで我が子が座ってきた園児用の玩具みたいに小さな椅子に腰掛けている。そして前方に並び立つ子どもたちを、感謝と喜びに満ちた瞳で、一心に見つめている。

私もそこにいた。

他の親と同じように悠の椅子に座っている私は、笑みこそ浮かべていたが、心の中は一人だけどんよりと沈み、傷ついていた。

悠がチューリップを手渡す相手に、私ではなく、晶くんを選んだからだった。

それは——卒園児が一人ずつ前に出て、親のどちらかを呼び、感謝の言葉を述べて、チューリップを渡すという微笑ましい儀式だった。

前の子が母親にチューリップを渡し終えると、司会進行の保育士が「伊藤悠くん」と名前を呼ぶ。悠は誇らしげに胸を張り「はい！」と元気よく返事をして前に出た。

そうして悠は眩しいほどの笑顔で「パパ！」と呼んだ。晶くんが嬉しそうに前に出る。

——パパ、いつも遊んでくれてありがとう。

安心しきった笑顔で、悠が晶くんにチューリップを差し出す。この卒園式で、チューリップをもらえなかった母親は、私一人だ。

晶くんだけを見つめて、笑っている悠の姿を遠目から見ていたそのとき、私は自分が、母親失格の烙印を押された気がした。そしてこう思った。

——私はもらえなかった。「いいママ」の称号を。

私は悠に、選ばれなかった。

私は悠の、一番じゃなかった。

私は、「悪いママ」だった。

足元から世界が崩れていく気がした。愛してさえいれば悠は分かってくれる。そう思い込んでいた自分の浅はかさと傲《おご》りを、激しく呪った瞬間だった。


眼を開けると、木目の天井が見えた。

身じろぐと、湿った布団の感触がある。

——まだ三十四歳の私、だ。

視界に映る部屋の様子や匂いから、それを悟る。

見ていた夢のシーンがあまりにもはっきりとしていたから、ついに長い夢から覚めて、四十歳に戻ったのではと思ったのだ。

上半身を起こすと、くらくらした。胃部には吐き気があり、全身が怠くて力が入らない。顔が火照《ほて》っていて、微熱があるようだと体感的に気づく。

「美汐ちゃん、起きたの？」

和室の襖を開けて、晶くんが入ってきた。ワイシャツ姿で、心配そうな顔をしている。

「私、どうしたんだっけ……？」

なぜ自分が寝ているのか分からずに訊ねる。

「倒れたんだよ、起きてすぐ」

ゆっくりと記憶が戻ってくる。そうだ。今朝は晶くんが出社するより前に悠が起きたから、私も一緒に起きたのだ。朝ご飯を用意しようとして立ち上がったとたん、急に貧血を起こし、布団の上で倒れたのだと思い出す。

貧血や立ちくらみはもともとよく起こす。しばらく座っていれば治るのだが、今回は疲れが溜まっていたせいで、そのまま眠ってしまったらしい。

「救急車呼ぼうか迷ったけど……気分は？」

晶くんの顔を見ていると、さっきまで見ていた夢のことを思い出した。

チューリップをもらっていた晶くんへの嫉妬が、胸の中にぐっと湧いてくる。晶くんは心配してくれているのに。

「私は大丈夫。晶くん……出社遅らせちゃったよね、ごめん、平気だからもう行って」

眠ったせいか、少し疲れがとれた気がする。私はあたりを見回して、悠を探した。けれど少なくともこの和室には姿がないし、隣のリビングからも、気配を感じない。

「悠は？」

「保育園に預けたよ。僕はこれから会社だし、美汐ちゃんも休んだほうがいい」

休園届は出してたけど、事情を話したら預かってくれたから——と言う晶くんの説明が、耳に入ってこない。全身から、さっと血の気がひくように感じた。

「なんで預けたの！　保育園には連れていかないって私、言ったよね!?」

カッとなって叫んでいた。

晶くんは、びっくりした顔になった。でも晶くんの気持ちまで、気にかけていられない。

「保育園から連れ戻してくる」

勢いよく立ち上がると、目眩がしてよろけた。支えてくれた晶くんが、強く私の腕を握りこみ、「美汐ちゃん」と、低く声を出した。

「美汐ちゃん、なにをそんなに躍起になってるの」

躍起になってるって、なにが？

「悠のこと、一生懸命育てようとしてるのは分かるよ。でも、こういう育て方は美汐ちゃんには向いてないと思う」

向いてないって、なにが？

私はじろりと晶くんを見上げた。晶くんは顔をしかめている。

胸の中に、ムカムカしたものがこみ上げてくる。

「悠が生まれる前に、二人で話し合ったよね？　僕らは子どもを中心に生活するわけじゃなくて、僕らの生活に子どもが入ってくるんだから、美汐ちゃんは大事な仕事を辞めなくていいって。親の働く姿も、苦しんでる姿も見せながら、育てていこうって」

……だから。

私は、むずむずと、唇が動きそうになるのを必死でこらえていた。

――だから、そうやって育てて。そうやって仕事して。

――そうしたら、悠は私じゃなくて、パパを「いい親」として選んだんだよ！

叫び出したい苦しみが胸を突いた。

選ばれなかったという、ただそれだけのことに対する狂おしいほどの悔しさ。心がずたずたに引き裂かれる痛み。他のママはみんな選ばれたのに、私だけは違ったという、恥ずかしさ。

――私だって努力した！　私だって悠を愛した！　私だって、私だって、選ばれるに足るくらいの親だったはずなのに、選ばれなかった！

たった一人の息子の晴れの日に、「ママ」と呼ばれなかった私の気持ちが、晶くんに分かるわけない――。

ごうごうと、感情が荒ぶる。竜巻のように、私の中でうねりをあげる。

私はもらえない。「前」みたいに育てたら、悠から、「いいママ」の称号はもらえない。

「私が、子育てには向いてない、母親失格だって言いたいの!?」

気がついたら、ヒステリックに叫んでいた。

晶くんは一瞬体をのけぞらせて、私の顔をまじまじと見つめた。

「そんなこと、言ってないでしょ？」

「私にはこういう育て方、向いてないって言ったじゃない！」

「だからそれは」

晶くんは息をつぎ、私を落ち着かせようとするように、声を落とした。

「美汐ちゃんは、仕事が好きでしょ？　それに世の中の、母親ならこうあるべきみたいな考え、嫌いだったじゃない。あんなものは呪いだって言ってたよね。僕も同じ考えだよ。なのに……急に自分から、その呪いを肯定するような行動をするから」

「私は悠のためにやってるの！　いい母親になるために……っ」

「仕事しながらだって、いい母親になれるよね？　美汐ちゃん言ってたじゃない」

——たとえわずかな時間しか子どもと過ごせなくても、そのときに愛情たっぷりに向き合えばいい。

かつての私が何度も口にした言葉を、晶くんから聞かされる。

それは世の中の働く母親の誰もが、自分を慰めるときに使う台詞《せりふ》だ。

私だってその言葉にすがっていた。精一杯やったつもりだった。でも、悠には届いていなかったのだと、卒園式の日に思い知らされた。

ばかばかしいほど滑稽だった。ずっとほしかったドラマアワードの盾より、チューリップ一輪がほしかった。みじめなあのころの私を、晶くんは知らない。六年後の晶くんも、今の晶くんも知らない。

「もっと子どもと向き合わないと、いいママにはなれないの！」

「だからそういう考え方が、きみらしくないんだよ！」

とうとう晶くんも、声を大きくした。

「美汐ちゃんは、書かなきゃ生きていけない人だったはずだ！　きみにとって仕事はお金のためじゃない、自分の魂だったじゃないか！」

怒鳴られた。

頭の奥に、耳鳴りがする。

脳裏に浮かぶ、私の姿。髪を振り乱して、パソコンに向かい、血を吐く思いで書いていた日日。

——そうだよ。私には書くことが命だった。

なにをやっても上手くできなかった。他のなににも関心がなかった。ただ書くことが、私の生きている意味だった。

いいものを書いて、書いて、書き続けて、世の中が私を認めてくれたら——幸せになれると信じていた。

じわじわと、涙がこみ上げてきて、頬に一粒こぼれる。

でもこの涙が、悠に選ばれなかった母親としての涙なのか、それとも世間から思うほどには評価されなかった、脚本家としての涙なのかは、分からなかった。

「……美汐ちゃんの書いたドラマで、救われたって人もいるでしょ？　ドラマのレビューサイトで書かれてたの、一緒に見たじゃない」

晶くんは辛抱強く言い聞かせてくる。たしかに、そういうレビューをもらったことはあった。まだ悠が生まれてくる前。初めて地上波の枠をもらって、五話完結の短いドラマのシナリオを担当した。たいして数字はとれなくて落ち込んだけれど、ドラマフリークのレビューサイトに、長文のレビューを載せてくれた人がいた。

——「このドラマのおかげで、明日、生きていく力が生まれました」

そんな感想だった。

あまりに嬉しくて、私は晶くんと並んでソファに座り、一緒にスマホを覗き込んで、眼を見交わして喜びあった。晶くんはおめでとう、と何度も言ってくれ、翌日には花束を買ってきてくれた。まだ新婚だった私たちの、美しい思い出の一つだ。

……あのときは、いつか理想どおりの脚本家になれる。そう思っていたっけ。

西田舞の影もなく、頑張ればいつか報われる。そう信じていた日々。でも今は知っている。現実の私は中途半端な脚本家でしかないことを。

「子育ては僕ももっと協力するから、保育園も仕事も、再開しよう。そのほうが美汐ちゃんは気持ちも安定すると思う。待ってくれてる人たちもいるよ。ね？」

晶くんは私の肩を優しく包むように抱き寄せて、真摯に語りかけてくる。もしこれが「前の私」なら、素直に頷いたと思う。この温かな言葉に心打たれて、それこそ「助けて」と、救難信号も出せたかもしれない。

でも「今の私」には、そうはできなかった。

「無理なの」

涙でかすれた声で、それでも私は、はっきりと言った。

「もう……無理なの。書くことは好きでも……もう、今はそれよりも大事なことがあるの」

晶くんは戸惑ったように、「それが悠の世話ってこと？」と訊いてくる。

私は頷いた。晶くんがぐっと、眉根を寄せる。怒りをこらえているような表情だった。理解ができない、そう顔に書いてある。

「変だって分かってる。でも……」

取り戻したいの、と心の中だけで続けた。せめて母親としてだけでも、理想の自分を手に入れたい。

「お願い、保育園には、勝手に預けないで」

悠を迎えに行くために、私は晶くんの手を振り払った。よたよたとリビングへ向かおうとすると、晶くんは無言でそれを制止した。

「分かった。僕が迎えに行ってくる。美汐ちゃんは僕と悠が戻るまで休んでて」

低い声でそう言って、私に背を向ける。双方、相手の言い分に納得していないまま終わる喧嘩が気まずくて、なんとかこの沈んだ空気だけでもどうにかしたくて、私は玄関先まで晶くんを追いかけていき、「ありがとう」と声をかけた。靴を履き終えた晶くんはぽつりと、けれどわざと聞こえるような声で言った。

「僕は、脚本家と結婚したつもりだった」

ドアを開けて、出て行く晶くんの背中に、私からかけられる言葉はもうなかった。


悠を迎えに行った晶くんは、険しい顔で戻ってきた。晶くんの腕の中で悠は泣いていて、慌てて抱っこしようと手を伸ばした私に、晶くんは、

「もっと保育園で遊びたかったって泣いてるんだよ」

と言ってきた。

その当てつけの言葉に、私はムッとした。晶くんはそれ以上私と話したくないようで、そのまま出社していった。

むずかる悠を抱っこして揺さぶりながら、

「ねえ、悠。保育園よりママがいいよね？」

と囁いても、悠はまだ泣いていた。

――脚本家と結婚したつもりだった。

晶くんの言葉が、耳の奥で反響する。

晶くんにとって、ものを書いていない私は価値のない人間なのだろうか。

言いようのない孤独が、ひたひたと心に忍び寄ってくる。結婚する前、言われたことを思い出す。

――ひたむきに努力できる美汐ちゃんだから、結婚したい。

晶くんは自分には夢がないから、と言っていた。自分にはなりたいものも、やりたいこともない。だから一途に夢を追いかける私が眩しくて、尊いものに見えると。

でもその夢を追いかけた結果、母親としては失敗した。それでも、晶くんはそのほうがいいと言うのだろうか？

分からなかった。仕事は好きだった。一日中仕事だけしていたいと、悠が生まれてからもずっと思っていた。

だから保育園から呼び出しの電話がかからず、夜遅くまで帰れなくてもそれが当然で、休日出勤が入っても悪びれず、誰にも責められることなく、心ゆくまで仕事ができる晶くんが羨ましかったし、内心では僻《ひが》み、嫉妬していた。晶くんが望んで仕事を優先していたわけではなく、社会がそういう仕組みなだけだと分かっていても、ずるいと思っていた。男だから、仕事を優先できてずるい。男だから、少し面倒をみただけでも褒められてずるい。

ずるいずるいと思っていたから、週末に悠の世話を押しつけていたし、その結果ずるいはずの男親が、悠にチューリップをもらったことが……許せなかった。ひどく傷ついた。

私には「いいママ」の称号が与えられなかったのに、晶くんには「いいパパ」の称号が与えられた。

卒園式のあの日。

それまでは心の中で、「私は駄目な親かもしれない」という不安があっても、「精一杯のことはやってきた」という言い訳で誤魔化していた。

でも、その言い訳ができなくなった。やっぱり私の母親人生は、無価値なものだと思い知らされた。

大勢が見守る卒園式の中、私は微笑みながらもずっと恥ずかしくてたまらなかった。同じ場にいる他のママたちは、私のことをどう思っているだろう？

——「悠くんママは選ばれなかったのね」

——「ママよりパパのほうが、子どもと仲良しなのね」

──「ママは仕事のしすぎで、子育てをサボったのね」

言われたわけでもない言葉に、勝手に苛《さいな》まれた。

卒園式のあと、私は悠も晶くんも寝静まってから、トイレの便座に座り込み、一人でさめざめと泣いた。

そこから二年弱、七歳の悠が支援クラスを勧められるまでになっても、私はまだそのときの挫折感から立ち直れていなかった。

時が戻ってから、私が子育てをやり直しているのは、あのときの後悔から逃れるためだ。

でも晶くんは私が、おかしくなったと思っているだろう。

「構わない。ママには悠がいるから……」

ぽつりと呟き、私はまだぐずっている悠の背に、そっと手を当てた。熱の塊のような赤ちゃんの体は、泣いたせいでじっとりと汗ばんでいて、私はこの小さな命をただ感じようと、しばらくの間眼を閉じた。

昼ご飯を作っている間も、悠は機嫌が悪かった。

持っていた玩具を投げたり、キッチンにいる私に向かって号泣して、ゲートをぐらぐらと揺らしたりした。

本当に保育園で遊びたかったから拗《す》ねているのかと思ったが、そんなわけない、と私は即座に否定した。

保育園に入れたら、たくさんの保育士に育ててもらえて、いろんな子たちと触れあえて社会性が身につく。だからかわいそうじゃない、悠にとってはいいことだ。

「前の私」はそんなふうに考えていた。でもあの言葉は、自分の罪悪感をなくすための方便だった。悠はきっとかわいそうだった。私がそばにいなくて、かわいそうだったはずだ。だから家で私と一緒にいるほうが、悠にとっては絶対いい。私は自分に言い聞かせるように、頭の中で唱える。

「悠くん、ご飯できたよ〜、ね、ご機嫌戻っておいで〜」

乳幼児用の椅子に悠を座らせて、作った食事を並べる。炒り卵と挽肉のご飯と、野菜のお汁、それから七歳の悠が絶対に食べなかったトマト。

最近の悠は味覚が発達してきていて、前みたいにわけも分からずなんでも食べてくれたりはしない。口の中に野菜を入れると、べろべろと吐き出してしまうようになった。私は必死になって食べさせようとして、気がついたら一時間もスプーンを持っていたりする。

もし悠がなんでも食べる子に育ったら。

晶くんだって、私の育て方が正しいと分かってくれるんじゃないか。今の晶くんは知らないけれど、私が「ちゃんと」しなかったら、悠はこの先、ひどい野菜嫌いの子どもに育つのだ。

「ほら、悠くん、トマトだよ。食べよう」

好物のおかずを口に入れてあげたあと、また同じものが来ると油断して口を開けた悠に、トマトを載せたスプーンを差し出す。悠は一瞬食べようとして、顔を逸らす。

「あー、こー、こー」

喃語でしゃべりながら、小さな指でこっちがいいと卵を指さしている。卵を食べさせて、それからまたトマト。顔を逸らされて失敗。それを何度も繰り返す。

じりじりとした、緊張した時間が過ぎていく。都内のマンションの小さな一室、誰も知らない母と子の、二人だけの閉じられた空間で、悠とこうして向き合っていると、だんだん、もしトマトを食べてくれなかったら、私は死んでしまうと思うほどに切迫した気持ちになってくる。

「悠くん、ほら食べて。食べて」

声を荒らげないよう気持ちを抑えながら必死に言いつのり、悠の小さな唇にトマトのスプーンを十数度め、押しつける。悠は嫌がって、スプーンを払いのけた。小さめに切ったトマトが床に飛び、べしゃっと潰れた。

瞬間、頭の中できりきりときつく巻かれていた糸が、ぷつんと切れたように感じた。

「トマト食べなさいって言ってるでしょう！」

怒鳴っていた。

――私、なにしてるんだろう。

まだたった一歳四ヶ月。そんな赤ちゃんに怒っても仕方ない。そう思うのに、私は悠の小さな口を無理やり開けて、手摑みで、トマトを押し込んでいた。

――私、おかしい。

ハッと我に返った瞬間、悠が号泣していた。

「ごめん、ごめん悠！」

慌てて抱き上げた。でも不意に悠は泣き止んで、かはかはと小さく息をこぼした。顔色が、見る間に青くなっていく。

――窒息だ！

どうしてだか、すぐに分かった。ちっぽけなトマトが、悠のもっと小さな喉に詰まったのだと。私が、無理に食べさせたから。

慌てて膝に悠をうつ伏せにし、背中をどんどんと叩いた。育児の知識なんて吹き飛んでいたのに、なぜかそれは思い出せた。悠の小さな体を「吐いて！　吐いて！」と言いながら叩く。叩きながら、無性に怖くて、苦しくて、涙が溢れてくる。

どれくらいそうしていたのか、気がついたら悠がむせて、口の中から赤い塊がべしょべしょと床に落ちていった。

とたんに、悠が大声で泣きだす。

私は号泣する悠を抱きしめるのも忘れて、その場にへなへなと座り込んだ。新たな涙が、どっと両目から溢れてくる。

また、悠を殺そうとしたんだ。

「たかだか」トマトを食べてもらえなかったくらいで。

私はまた死にたいと思った。私なんて死んだほうがいい。この世界で一番、私が罪深く、生きることすら許されぬ存在になったような。

醜く、愚かで、死んだほうがいい人間になったような。

そんな気がした。


「なんで一日にこう何度も、問題を起こすのっ？」

病院の待合室でぼんやりと座っていた私の前に、職場から慌てて帰ってきてくれた晶くんが立っていた。悠は一応診察してもらい、問題ないと言われて、私は会計待ちだった。

家の近くにある大きな総合病院の小児科の待合室は、時間が半端なせいか、混んでいるいつもとは違い、珍しく空いていた。オレンジ色の椅子の横に置いたベビーカーの中で、悠は泣き疲れて眠っている。

晶くんに知らせたくはなかったけれど、悠が死にかけたのだ。言わないわけにはいかずに、病院に連れてくる前に連絡した。会社にいていいと伝えたが、晶くんは早退してくれた。

「……ごめんなさい」

力なく頭《こうべ》を垂れると、晶くんは苛立ちを含んだため息を大きくつき、眠っている悠の様子を確かめてから私の隣へ座った。

「喉に詰まったって、なにが詰まったの？」

小さな声で「トマト」と言う。晶くんは怪訝そうに、「小さく切らなかったの？　そもそも、悠、トマト食べないよね？」と訊いてくる。

「私が無理に食べさせちゃったの。……切り方が悪かったみたいで」

「なんで無理に！」

頭が痛い。息が苦しい。私だって自分に訊きたい。なんであんなことをしたのかと。

「ずっと、野菜が嫌いじゃ困ると思って……」

「大人になったら食べられるものだってあるよ！」

――そうだけど。そうだろうけど。

頭がガンガンする。七歳の悠が、食事にほとんど手をつけずに残す映像が、ちらりと瞼の裏に蘇る。

「晶くんは知らないから……」

思わず、小さな声で言葉がこぼれる。

聞き取れなかったらしい晶くんが、私に訊き返してくる。押し黙っていると、呆れたように息をつき、「とにかくさ」と苛立たしげに続けられる。

「なに？　なんて？」

「食事は楽しいものだって教えるのが大事でしょ、無理に食べさせるなんておかしいよ」

晶くんの言うことは正しい。

でも、と、私は心の中で反論してしまう。

――あの子給食ほとんど残すのよ。担任の先生に、苦情だって言われるの。家ではどういうもの食べさせてるんだって訊かれる。今は普通でも、六年後は他の子より小さいし、体重は成長曲線ぎりぎりになるの。そのせいで運動だって苦手。食育ができていないのは、母親のせいだって思われるんだから！

「うるさいなあ、私は私なりに、ちゃんと考えてやってるの」

責められることに耐えきれなくて、低い声で撥《は》ね付けていた。晶くんはもう、心底から私に失望したようで、「美汐ちゃんさ」と、冷たい声を出した。

「きみのやってること、虐待じゃないの？」

腹が立った。同時に、眼の前が真っ暗になった。

虐待。私が虐待をしている。

突き刺されるような痛みが、全身を貫いていく。

とたんに湧き起こる、巨大な、どす黒い感情。たぶん怒りだろうものが、胃の腑から迫《せ》り上がってくる。

「お母さんが死んだあと、そばにいてくれなかったくせに！」

いつしか、そう怒鳴っていた。晶くんが、眼を見開く。

なにを言っているのだろう、私は。

そう思うのに、言葉は口から溢れ出る。

「私が一番辛かったときに、いてくれなかった！　私が死にたかったときに、いてくれなかった！　だから私も、悠から逃げるしかなかったのに……！」

頭の中の冷静な部分が、自分のことをばかみたいだと思っている。それなのにぼろぼろと涙がこぼれて、気がついたら私は、ベビーカーで眠る悠さえ置いてきぼりにして、その場を飛び出していた。

病院の玄関を走って出る。家に向かう下り坂をしゃにむに駆けた。若葉で彩られた桜並木も、昼下がりの晴れた空も、今の私の眼には映らない。心拍があがり、心臓がドン、ドン、と叩かれるように鳴る。

坂を下りきると、大きな幹線道路に出る。ちょうど青になった信号の、横断歩道を駆け抜けると、眼の前に、車も通れるほどの大きな橋があった。

私はその橋の前まで来て、やっと立ち止まった。

息は切れ、くらくらと目眩がしていた。心臓が痛いほど激しく脈打っている。これ以上は走れずに、橋の欄干に手をかけた。

平日午後の橋は閑散としていた。

橋から見える幅広の川の上を、遠目に、小船が渡っていくのが見える。

じっとしているうちに、ついさっき晶くんに言い放ったことが、耳の奥でリフレインした。

――お母さんが死んだあと、そばにいてくれなかったくせに！

自分で自分の気持ちが、分からなかった。

なぜ母のことなんて、今さら晶くんに言ってしまったのだろう。

「今の私」はもうとっくに母の死を乗り越えていて、納得しているはずなのに。

自分の言動への、後悔が湧く。そして今さらのように、病院に置き去りにしてきた悠のことを思い出し、その場にへたりこみたいくらい、罪悪感が湧いた。

「こんなんじゃ駄目だ。いいママに、ちゃんとならなきゃ……」

――なれるの？　私が？　悠を虐待しているかもしれないのに。

傷つけるくらいなら、産まなきゃよかった。

ふとそう思ったとたんに、私は自分の気持ちに自分で傷ついて、涙がこみ上げてくるのを感じた。自分が情けなく、愚かしく、みっともなかった。

「愛してるはずなのに……」

風にさらわれるほど小さな声で呟いた。

心の中がぐちゃぐちゃだった。悠を愛している。その気持ちは掛け値なく本当なのに、どうして私は「いいママ」になれないのだろう？

それでもこのまま悠を病院に置き去りにして家に帰ったら、いよいよ悪い母親になりそうで、私は踵《きびす》を返した。やり直さなきゃいけない。とにかく、ここで引き返さなかったらやり直せない。

病院に戻ったら、晶くんに頭を下げて謝ろう。

悠のことも抱き上げて、愛してるよと言おう。

頭の片隅に、「たかだかこんなことで」という言葉がちらついた。

「たかだかこんなことで」「私が一線を越えるはずがない」と、あのときも思った。

虐待の二文字が、脳裏をよぎる。
悠の小さな口にトマトを押し込んだこと。
七歳の悠の胸ぐらを摑んだこと。
それから――トイレに流した血の塊の映像が、次々に瞼の裏に映し出された。
それでも、来た道を戻るしかなかった。
私は一人、幹線道路を横切る横断歩道の信号が、青色になるのを待っていた。

三十四歳、梅雨入り

東京はいつの間にか梅雨入りしていたらしい。今朝は目覚めたときからずっと、小雨が降っている。

私は悠が食べ終えた朝食の食器を、台所の流し台に運んで、ぼんやりとベランダへ続くサッシ窓を見た。灰色の空から降ってくる小粒の雨が、窓ガラス一面を濡らしている。風の音と一緒に、さあさあと静かに雨音が聞こえていた。

暗いので電気をつけたリビングでは、悠がお気に入りの、電車の写真集を開いて熱心に見ていた。

このごろの私の子育ては、上手くいっているとは言えなかった。

悠に無理やりトマトを食べさせて、喉に詰まらせたあの日。

私は病院に戻って晶くんに謝ったけど、晶くんは「もういいよ」とも「分かった」とも言わずに無言だった。それからというもの、私たち夫婦の会話は必要最低限になっている。

じめじめした天気が続いているせいか、私の体調は前にもまして悪い。いつも体が重たく、疲れていて、悠と遊んであげるのも億劫《おっくう》だった。

時々、死にたいと思う。私なんて生きる価値がない。一方で、そんなふうに感じる自分を滑稽だと思っていた。「以前」の、三十四歳の私と違い、「今」ならなんの問題もなく悠を育てられると考えていたくせに、結局のところ「以前」と同じように沈み込んでいるのだから。

毎日公園に連れていき、太陽の下、走り回って遊んであげたい。

そう思うのに体が辛くて、最初は毎日頑張って連れていっていた公園にも、週四回、三回、と行く回数が減っていた。そして梅雨入りしてからは、いよいよ行かなくなってしまった。

でも、部屋の中だけで遊ぶと時間を持て余してしまう。

悠も退屈になってよく泣く。手作りの玩具だとか、新しい遊びを考えてあげるべきなのに、そんな体力も気力もない。

結局、間をもたせるために玩具を増やしている。一歳四ヶ月の飽きっぽさは分かっているけれど、たった五分でも悠が興味を持ってくれるのならと、スーパーのちょっとした玩具売り場などで悠がなにかを手に取るたびに、「ほしいの？　じゃあママが買ってあげる！」と次から次へと買ってしまう。

そういうとき、頭の奥で声がする。悠のご機嫌をとるようなことしても、「いいママ」になれるわけじゃないよ、と。

でも、他になにをすれば「いいママ」なのかが分からない。

巻き戻ってきてから一ヶ月が過ぎてくると、私の悠への集中度合いは低迷し始めていた。

もう仕事をしていないのに、気がつくとふっと書きたい話のプロットを考えていたり、ツイッターを見たりしている。つい自分のことにかまけて、悠をほったらかしにしてしまう。これじゃ「以前」となにも変わらない。

それを変えたくて、ネットでも玩具を探し、悠が好きなトミカの車やら、プラレールやらを買い集めた。プラレールは子どもに人気の玩具で、青いレールを繋げて、本物のような新幹線や電車を走らせることができる。悠は乗り物が好きなので、この玩具を特に気に入っていた。

「ほら悠！　プレゼントだよ〜」

そう言って、新しい玩具を渡すときは、悠がわくわくした、嬉しそうな笑顔を見せてくれるし、目新しいものを見て、興奮してなにかしゃべっている姿はかわいかった。

それで一つ思い出した。「前の私」は、プラレールがたくさんある遊び場に二歳になる前の悠を連れていったことがある。

その店はマンションのワンルームで、プラレール好きの店主が、安価な入場料を払えば店にある電車やレールで好きなだけ遊べるようにしてくれていた。十五畳くらいの部屋一面に、大きなレールが敷かれており、何台もの電車が走っていた。

悠はそのお店に入るとすごく喜んで、興奮して、そして集中して、小さな室内にあるレールや電車で夢中になって遊んでいた。

私は当初、いくらプラレールが好きでも、朝に入場したら昼には飽きるだろう、と思っていた。ところが悠は時計の針が正午を回り、昼の一時になっても飲み物すら飲もうとせずに、熱中して遊んでいた。

あのときの私は、悠に時間どおり食事をさせないことに、罪悪感があった。一食抜く、なんてとても考えられなくて、痺れを切らし、悠を抱き上げて無理やり遊び場を出たのだが、悠はものすごく抵抗して泣きじゃくっていた。海老反りになって怒り、泣く悠をベビーカーに乗せようとしても、ベルトを締める前にずりずりと隙間から滑り落ちてきて、地面に転がって大泣きをする。人通りのある場所だったから、私は道行く人々の視線が怖くて、力尽くでベビーカーに乗せたけれど、十五分は格闘していたと思う。

食事をさせようと店を見つけたころには、悠はもう泣き疲れて寝ていて、結局なにも食べさせられなかった。あとになってそのときのことを思い出すたび、後悔した。

たった一食くらい、抜いてもよかった。本人がせっかく集中していたのだから、もっと遊ばせてあげればよかった。

あの遊び場くらい家にプラレールがあれば、悠は喜ぶかもしれない。毎日夢中で遊び、私はそれを隣で眺めたり、ちょっと手伝ってあげたりできる。

そう思いつき、私は電車とレールを見境なく、大量に注文していった。

それが、一週間前のことだ。

ネットで注文しておいたプラレールは積み上がるほどに届いた。

そして気がつくと、家中常に、玩具が散らかっている状態になっていた。配達されてきた際の段ボールも大量で、大半は私の仕事部屋に詰め込んだが、そこにも置ききれずに、リビングにまで侵食している。

晶くんは急に増えた玩具にぎょっとし、「ちょっと控えたら」と言ってきた。

私は忠告されると自分の子育てを否定された気になってしまい、

「悠のために、家の中を楽しい場所にしてるんじゃない」

と反論してしまった。

「こんなに増やしても意味ないでしょ。無駄遣いになってる。玩具ばっかりが遊びじゃないよ」

一瞬、言葉に詰まった。それは図星だったから。

あの遊び場ほどにプラレールを増やしても、悠はすぐに飽きて三日もすれば興味を失った。でも私は、自分のやっていることが間違いだと思いたくなかった。お金を使いすぎている自覚もあったので、注意されたときには恥ずかしい気持ちが湧いてきたが、それを晶くんに気取られたくなかった。

「私の貯金から買ってるんだから、晶くんには関係ないよね」

強く言うと、晶くんはただ軽蔑するような眼で私を見ただけだった。

それが昨夜のやりとりだ。珍しく悠が起きている時間に帰ってきた晶くんとの、ちょっとした言い争いだった。結局仲直りもしないまま寝て、朝起きたら晶くんはもう出社していた。

食洗機に汚れた皿を入れていると、退屈を訴えて悠が泣きだした。

天気が悪いせいか、ご機嫌ななめなのもある。

「悠くん、ご本見てたんじゃなかったの？」

ベビーゲートを越えて、隣に座り床に落ちたプラレールの新幹線をとって見せた。

「ほら、はやぶさだよー。速いよー」

床の上を滑らせて、悠に渡す。でも悠は興味がないように、はやぶさをぽい、と手放した。そして私の膝に両手をついて、よじのぼってきながら、大泣きしている。

いつもなら抱っこをして、あやして、くすぐったり歌を歌ったりして気を逸らし、べつの遊びに誘導する。

でも、今日はその気力がなかった。訴えるように泣いている我が子を見ながら、知らない。見てるから勝手に遊んでよ。そう言いたくなる。

——なんで親だからって、子どもに遊びまで提供しなきゃいけないのよ。なんでいつも、楽しませようと頑張らなきゃいけないのよ。

そんな気持ちに襲われて、すぐにハッと我に返る。

こんなんじゃ駄目だ、これでは「いいママ」にはなれない。

ふと、部屋の壁に貼ってあるウォールミラーが眼に入る。眼の下にげっそりとクマを作り、髪の毛はぼさぼさ、しわしわの服を着た、四十歳の私より老けて見える私が映っていた。

家の中は足の踏み場もないくらいの玩具だらけ。掃除が行き届いていないせいで、床にはべとつく埃が溜まっている。

洗濯機の置いてある脱衣所はうっすらと臭う。

少し前、見かねた晶くんが、「洗濯は僕がやろうか?」と言ってきたけれど、私は断った。

今は働いていないのだから、私がやると言った。私は、なにもかも一人でできると、意地になってしまっている。「前の私」は風呂掃除と洗濯を、晶くんにお願いしていた。とてもではないが、そうしないと精神がもたなかったから。

でも今は、あのときとは違う自分になりたいから、同じようには頼めなかった。

良妻賢母。時代遅れのワードが、頭の隅にちらついている。なんでそんなものになりたいのか、自分でもよく分からない。

家事ができていないのは、悠がなぜかほとんど昼寝をしなくなったせいもある。

朝寝もしなくなったが、これはいい。もともと「前の悠」は朝から保育園に行っていたし、朝寝の習慣は一歳四ヶ月のころにはなくなっていた。

ただ、昼寝をしなくなるとは想像もしていなかったから、困惑した。

「以前」の子育てで、一歳四ヶ月ごろの悠は、平日は保育園でお昼寝していたし、土日も寝かしつければ眠っていた。

時間が巻き戻った当初は、昼寝のタイミングなんて悠が好きにすればいいと思っていた。今までの悠は遊び疲れるとこてっと寝て、その間に私は体を休めたり、家事を進めることができた。

ところが悠が突然昼に眠らなくなって、私はなにもできなくなった。

悠が起きている間は悠に集中、と思っているからだ。

私は焦って、添い乳したり、部屋を暗くしたり、手を尽くして悠を寝かしつけていたが、悠はうとうとしても、十分くらいで起きてしまう。

——なんで寝てくれないの。

頭の中が、そんな焦りでいっぱいになっていた。

ある日添い寝をしながら悠の胸を優しく叩き続けて、三十分が経ったことがあった。

眼をぱっちり開けている悠の姿を見ていると、恨みのような感情が胸に宿った。そしてついに、

「寝なさい！」

と、怒鳴ってしまった。

悠は怒鳴られてわあわあと泣いた。私は悠を泣かせたことがショックで、しばらくの間どうすることもできずにただ固まっていた。

こういうとき、どうすれば「いいママ」だと言えるのか。

なにもかも失敗していると分かりながら、このごろの私は、せめて食事だけでもきちんとしようと思い詰めていた。

でも悠の喉にトマトを詰まらせてしまって以来、自分で作るのが怖くなり、体調もよくないから食事を作る気力が湧かず、野菜嫌いの子のための青汁だの、ベビーフードだの、大量に購入しては結局は食べてもらえず、余らせたりしている。そして、食べてもらえないとそれを理不尽に感じて、ひどく腹が立った。

——なんで食べてくれないの。ママは頑張ってるのに。

こんな気持ちを抱くつもりはなかったのに、つい湧き上がる。

また、「食べなさい！」と怒鳴りそうになるのを抑える日々が続いていた。

これではちっとも、理想の育児とは言えない。

私は悠に向き合おうとしている。玩具に頼っているだけで、私自身はなにもしていないけれど。

私は家事より悠を優先している。家中汚くて、発狂しそうで、イライラするし、悠にとってもよくない環境だと分かりながら。

私は食事にも気を配っている。自分で作るのが怖く、億劫で、既製品を使っているけれど。

ため息をついて、私はぐるぐるとした思考から抜け出した。泣いている悠を抱き上げ、優しく揺すりながら小雨の降りしきるサッシ窓の前に立つ。

「悠くん、雨だよ。ほら、すごーく降ってるね」

声をかけて外を見せたが、悠はまだぐずぐずと泣いている。我が子はかわいいのに、頭の片隅に、憎いという気持ちがちらつく。愛しているのに、思いどおりにならないことが続くと、放り出したくなる。こんな悪魔は私だけだろうか？

「……世の中のママたちも、同じことで悩んでるよね」

そうであってほしいと祈るように、呟く。誰かに話して、救われたい。

たった一言、言われたい。

あなたは十分やっているし、あなたは「いいママ」だって。

二日後、長々と降っていた雨があがり、空には久しぶりに太陽が顔を出した。散らかった部屋の中で悠と二人、どちらも機嫌悪く過ごしていたあとの晴れ間は、奇跡のように美しく思えて、塞いでいた気持ちが少し前向きになった。

そのせいか、この日ふと、児童館に行ってみようと思い立った。

「以前」はあまり行かなかった場所だが、保育園でそれなりに親しくしていたママから、児童館で友だちができた話を聞いたことがあった。

私にはママ友がいない。

もとから、それほど友人が多いわけではない。仲のいい相手はみんな仕事関係で知り合った人たちで、気の合う人は独身の女性が多かった。私にはそのほうが気軽だったし、ママ友なんて無理に作らなくていいと思っていた。

でも今は、悠が将来遊ぶ相手も作ってあげたいし、きっと「いいママ」にはママ友がそれなりにいるはずだ。「前の私」が聞いたなら、鼻で嗤《わら》いそうな考えだけれど。

——気が合えば仲良くする、合わなかったら仲良くしないでいいじゃないの。

以前は、そう考えていた。

でもそんな私は、子育てを後悔していた。変わらなきゃ駄目だと思っている。ママ友ができたら、アドバイスをしてもらえるかもしれない。

意気込んで児童館に行こうと決めてから、悠にご飯を食べさせて支度をさせる。

大人一人なら五分で整う支度を、一時間かけて終え、児童館に着いたのは十一時だった。

児童館はマンションから徒歩で十二分ほどの場所にあった。駅前の、都営住宅が並ぶ並木道のはずれ、ブロック建てのやや古い建物で、入り口は薄暗いがスペースが広く、下駄箱の手前に数台のベビーカーが畳まれて置いてあった。

片側が受付になっており、カウンターに鉛筆と、来館者の名前を書く受付票が置いてある。

「おはようございます～、お母さんとお子さんお一人ですか？」

カウンターの向こうから、職員の女性が声をかけてくる。彼女は保育士のように、かわいいチェック柄の、頭からかぶって着るタイプのエプロンをつけていた。

「初めて？　ここにお名前どうぞ」

にこにこと愛想よく対応してくれる彼女に会釈して、ベビーカーを畳み、悠を抱っこしたまま名前を書いた。下駄箱に靴を預け、スリッパを借りる。児童館は広い部屋が一つと、小さめの部屋が一つある。子どもを遊ばせるのは基本、広い部屋のほうで、小さめの部屋にはテーブルと椅子が置かれ、会議室のようになっていた。

――ママ友、できるだろうか。

ドキドキしながら中に入ると、既に数組の母子が訪れていた。

だだっ広い部屋は、南側に取り付けられた腰高窓のおかげで明るく、背の低い本棚や、玩具の置いてある棚がぐるりと壁伝いに並んでいる。小さな子が乗れる車や手押し車、巨大なぬいぐるみなどの大きめの玩具も置いてある。

悠を床に下ろすと、早速玩具の棚に近寄っていく。私はそれを補助しながらも、誰かに話しかけてもらえないかなと他のママたちを窺った。

来ているママたちは互いに顔見知りが多いらしく、二、三人のグループが二つできていた。母と子一人ずつは私たちだけだ。和やかに談笑する母親の周りで、子どもたちは勝手に遊んでいる。

誰かと話せる機会を待っていたけれど、誰も私のことなんて見もしなかった。そもそも、悠が選んだ玩具の棚が、その二つの母親グループのいるところから離れている。

と、悠が遊んでいる玩具を、他の子がとろうとした。

その子のママがすぐに気がついて、グループの輪を離れて近寄ってくる。

「駄目よ。赤ちゃんからとったら」

そのママが自分の子に声をかけたので、私は慌てて、

「いいんですよ。悠くん、貸してあげようね」

と悠に言った。悠は玩具の取り合いなどの場面では、赤ちゃんのときから必ず相手に玩具を譲る気質なので、やっぱり今回も惜しみなく手を離していた。相手のママは「すみません」と言いつつ、「何歳ですか?」と訊いてくれた。私は「一歳四ヶ月です」と答えながら、やっとおしゃべりできるかなと期待した。

「男の子ですよね。かわいいなあ」

「娘さんはおいくつですか?」

「二歳なんです」

会話が少し続く。嬉しくて、ドキドキしてきた。次の話題はなにがいいか、頭の中で考える。もう卒乳させました？　だろうか。それとも、幼稚園って三歳から入れます？　だろうか。

そのとき、入り口に新しいママと子どもがやってきた。ようやく言葉をかわせたママが、

「あっ、相川さん。待ってたんだ。こないだのお代を払おうと思って……」

と、立ち上がって行ってしまった。

他のママたちも、その相川さんに挨拶をしている。顔が広い人のようだ。

ママたちの輪に、私の入る隙はなかった。一人だけのけ者になったような疎外感が身を包み、そんなはずもないのに、他のママたちが、私を見てかわいそうに思っていたらどうしようと、恥ずかしくなった。

「悠、帰ろっか」

四十分、誰ともほぼ話せずに終わった。もうすぐお昼なので、来ていたママたちもぱらぱらと帰っていく。

帰り道、ベビーカーを押しながら、私にはママ友を作るなんて無理なのかな、と落ち込んだ。頑張って支度して出かけたのに、なんの成果も得られず、どっと疲れが押し寄せてくる。ただでさえ調子の悪い体だ。もう今にも路上に座り込みたいほどに、ぐったりと疲弊していた。

胸の奥から迫り上がってくる、孤独感。

一人ぼっち、世界に取り残されているような気持ち。

私が「ちゃんとしたママ」じゃないから、他のママとも仲良くできないのだろうか。

都営住宅の並木道を抜け、電車の高架下を抜けたあたりで、思わず立ち止まる。

「友だち……誰かに、話聞いてもらおうかな」

ぽつりと呟く。このままでは果てしなく気持ちが沈み、立ち直れなくなる気がした。数少ない親友に連絡して、気休めでもいいから落ち着いたほうがいい。

私には育児のことでもなんでも、正直に話せる友だちが一人いる。そうだ、その子と話そう、とスマホを取り出したところで、不意に気づく。

「今の私」には、その親友がいないということに。

親友はつい先日断った、ドラマの原作者だった。シナリオを担当した縁で知り合い、なぜか妙に馬が合って、気がついたらなんでも話せる仲になっていた。

……そうか。あのドラマのシナリオを蹴ったから、私はもうあの子と出会えないんだ。

「今」の人生では、私とあの子は一生親友になれない。

なぜ今ごろになって、そのことに気がついたのだろうか。「前の私」が持っていたものを、なぜ「今の私」も同じように持っていると、思い込んでいたのか。

「以前」いた、親友がいない。

親友一人ではない。仕事で知り合った友人の多くは、本来ならこれから出会うはずの人たちだった。つまり私には今、仲のよい友だちがいないのだ。

仕事が忙しくて、私は学生時代の友だちや地元の友だちとの連絡を怠っていた。だから現状、久しぶり、と連絡はできても、深い悩みを打ち明けられるほど気安い関係の子はいない。

その事実に打ちのめされて、私はその場に立ち尽くした。

仕事、友だち、世間からの評価。なにもかも捨てて子育てを完璧にしようとしている。

そうして、仕事、親友、世間からの評価のすべてが、私から消え去っていた。

それなのに私の子育ては失敗続きで、理想とはほど遠い。

かつて仕事で成功しようと努力して、子育てを捨てた。そして得られた結果は思ったほどではなかった。

——また、同じことになったら？

不意にその可能性に気づいて、体が震える。

他のすべてを犠牲にしたのに、思ったような結果にならなかったら？　「いいママ」に、「ちゃんとしたママ」に、なれなかったら？

恐怖が心を苛んだ。

心臓が、どくどくと鳴る。私は衝動的に、ベビーカーを駅のほうへと向けていた。


「先生、びっくりしましたよ。お会いできて嬉しいですけど」

ほとんど勢いだけで、私は電車を乗り継いで、都心のテレビ局に来ていた。悠にご飯を食べさせるのも忘れ、当然アポもとらず、ただひたすらなにかに追い立てられるようにやってきた私を、逢坂さんは追い返したりせずに、局の会議室まで入れてくれた。ちょっと前までの私にとっては、打ち合わせに来ていた大切な仕事の場なのに、普段着そのものの身なりと、ベビーカーまで押してきたせいで、すれ違う人たちから奇異の目で見られた。

「す、すみません。急に来て……変ですよね」

逢坂さんと話すときはいつも楽しく話せるのに、今日は声が震えた。

「もしかして、お近くを通りかかったとか？」

四十歳のときの記憶より六年分若々しい逢坂さんは、ベビーカーの中で不思議そうに周りを見回している悠に「はじめまして」と挨拶したあと、そんなふうに訊いてくれた。正直、その言葉はありがたかった。

なにしろ来た理由が、「未来に親友になるはずの人に会いたい」は、どう考えたっておかしい。そうでなくとも都心のテレビ局に、身だしなみを整えずに来るなんて、普段の私からは考えられない行為だった。

「そ……そうなんです。近くを散歩していて、つい……逢坂さんの顔が見たくなって……その、そういえばあれってどうなりましたかね。……あの」

私が断った仕事。エッセイが原作の、深夜帯ドラマ。のちに視聴率一位を獲った私の出世作で、原作者が私の親友になってくれた仕事。

訊こうとしながら、私は自分がみじめになった。もしも、まだ脚本家が決まっていませんと言われたら、やっぱりやるとでも言うつもりだろうか？　そんなずるいことが、許されると思っているのか？

もやもやと迫ってくる不快な感情に、口をつぐむ。

なにをどうすればいいのか分からない。不安のせいか、指先が震えていた。

「先生……、どうかされました？　もしかして、こないだの仕事を断った件、気にされてますか？」

逢坂さんが心配そうに訊いてくれる。私はどう答えたらいいのか分からずに、唇を引き結んだ。

そのとき会議室の扉を開けて、若いADが「逢坂さん、ちょっと……」と、なにやら焦った様子で呼びにきた。撮影かなにかで、トラブルがあったのだろう。逢坂さんはADからなにか耳打ちされると、慌てたように「先生、すぐ戻りますから。ちょっと待っててくださいね」と言ってバタバタと会議室を出て行った。

こういう風景は、テレビ局で仕事をしているときにはよく見ていた。

と、慌てた逢坂さんが、会議室のテーブルに荷物を置きっぱなしにしていったことに気づいた。なんの気なしにそれを見て、心臓が、ドッと大きく脈打つのを感じた。

ファイルとファイルの隙間から、製本する前の、シナリオが覗いている。タイトルは、私が今日それこそ進捗を気にしていた、あのドラマのものだった。

脚本家が見つかったのだ、と悟った。誰が書いたのだろう？

――一体、どんな仕上がりに？

――私以上に上手く書けてる？

体が震えた。見てはいけないと思うのに、ゆっくりとシナリオへ手が伸びる。上に重なっているファイルのせいで、脚本家の名前が見えない。

そっとシナリオを引っ張り、ファイルが上からずれたところで、眼に入ってきた名前に、一気に打ちのめされた。

「西田舞……」

私よりあとから来たのに、私より華麗に飛び立っていった、数年後には押しも押されもせぬ人気脚本家となる彼女の名前が、印字されていた。

その瞬間、はっきりと思った。

奪われた。私の大切なものを、よりにもよって心密かに嫉妬を抱いていた相手に。

――奪われた。

激しい衝撃が全身を襲った。喉がきゅうっと狭まったように息苦しくなる。自尊心がぽきりと折れ、立てなくなりそうなほどの絶望に襲われる。

どろどろとした、醜い嫉妬の感情に、眼の前がぐらつく。

そのとき、廊下の向こうで物音がした。ハッと我に返り、私は慌ててシナリオを戻したが、心臓は痛いほどに鼓動し、指先はわなわなと震えていた。

「先生、すみません。お待たせして……」

逢坂さんが小走りに会議室へ戻ってきたとき、私は反射的に立ち上がっていた。

「お忙しそうなので、またにしますね」

会いたい人がいてここに来たのに、今はもう、一刻も早く帰りたかった。

逢坂さんの口から、西田舞の話を聞きたくない。もし聞かされたら、平静でいられる自信がないし、なにより深く傷つくと分かっていた。

「えっ、でもなにかご用があったんじゃ……。よければ、お昼でもご一緒に」

逢坂さんは、びっくりしたように引き留めてくれた。

「いえいえ、本当に通りかかっただけなんです。それに子どもにまだなにも食べさせてなくて……とにかく、帰りますね」

私が悠を言い訳に持ち出したからか、それともいつになくきっぱりと拒んだからか、逢坂さんはそれ以上はなにも言わなかった。

またお電話差し上げますので、と丁寧な言葉をもらって、会社の下まで送ってもらう。立派な社屋の玄関を出るところまで、逢坂さんはわざわざ見送りについてきてくれた。私は頭を下げてその場を離れると、もう振り返らないようにした。ベビーカーを押す腕に力が入り、足も速くなる。

自分がみじめで、ちっぽけに思えた。そしてそんな自分を見るのがいやで、かつての華やかな仕事場から、一刻も早く離れたかった。

局前にはたくさんの人が歩いている。その雑踏に紛れたとき、一瞬だけ見知った顔が見えた気がした。

ハッとして振り返ると、私と同い年くらいの、背の高い、お洒落な女性がテレビ局に入っていくところだった。きれいな黒髪を、風になびかせている。大ぶりのシルバーのピアスが、きらめいて揺れている。アンクルパンツに、ややデコラティブなデザインニットを合わせた、大人の女性。あの後ろ姿は、あのエッセイの原作者。「前の私」の親友、麻里ちゃんじゃないだろうか。

そう思ったけれど、駆け寄ることも、呼び止めることもできなかった。

——美汐はいいお母さんだと思うよ。

子育てのことで悩みを話すと、いつもそう言って励ましてくれた。十分やってるよ、と慰められるたびに、私は安心していた。

——だって悠くん、いい子に育ってるもん。だから心配なんかいらないよ。

私を救ってくれた彼女の声が、耳の奥にこだまする。あのころ、私をいい親だと言ってくれたのは麻里ちゃんだけだった。それにどれだけ、救われていただろう。でも今回の人生では、あの言葉は私には与えられない。

反射的に、右手が麻里ちゃんの背中に向かって伸びていた。でも、それだけだった。

西田舞が書いたら、きっと私より面白いドラマができあがるだろう。視聴率一位だって獲るだろう。

もしかしたら私の親友と、今度は西田舞が友だちになるのかもしれない。

「今の私」は、選ばなかった未来の先を生きている。

「以前」選んだ人生のなかで出会ったものとは、もう出会えない。

今さら、そのことが身にしみてくる。漠然とした失望感が、全身を包んでいた。

途方に暮れて立ち尽くしていたら、不意にワンピースのポケットで、スマホが振動した。のろのろと取り出して見ると、保育園からの着信だった。

正直、なぜかかってきたのか分からなかった。この一ヶ月強、保育園のことは頭から追いやっていたので、なんとなく電話に出るのがいやだった。

でも、出ないわけにいかずに通話ボタンを押す。

『あ、みかん組の悠くんのお母さんですか？』

電話は、園長先生からだった。はい、あの、ずっとお休みしていてすみません。と、通り一遍の挨拶を済ませたあと、園長先生は電話口でこう訊いてきた。

『保育園、このままだと退所となるんですが、いかがなさいますか』

私は咄嗟に、声が出せなかった。

答えを探しているうちに、悠が、おそらく待たされすぎてお腹が空いたのだろう、ベビーカーの中で声をあげて泣きだした。

三十四歳、梅雨の半ば

テレビ局へ行った翌日、私はぼんやりとリビングの真ん中に座っていた。

窓の外には厚く雲が垂れこめ、雨がざあざあと降りしきっている。薄暗い部屋の中は相も変わらず散らかり、床には埃が降り積もり、膝元で悠が泣いている。

——おむつかな？　お腹空いたのかな？　それとも退屈？　湿気が不快？

頭の片隅で悠を泣き止ませようとあれこれ考えているのに、どうしてかぴくりとも体を動かせない。

悠が私の膝に這いずるように乗ってきて、まま、まま、と言う。

悠が泣いているのに、抱っこしてあげなきゃいけないのに、指一本動かせず、私は表情もなくただ悠を見ているだけ。心の中が、空っぽになっていた。

昨日園長先生からかかってきた電話で、私は悠を保育園から、正式に退所させると伝えた。

これで完全に仕事ができなくなった。

ずっとそうしようと決めていたことなのに、いざ退所することになったとたん、私は私と、社会を繋いでいた細い糸がぷつんと切れたような気がした。

これでよかったのだろうか。頭の中から、その疑問が消えない。

だけどそんなことを考えるのは愚かだ。私はママとしてやり直すためにここへ戻ってきたのだから、よかったに決まっている。

それなのになぜ、こんなにも空虚な気持ちなのか。何度も何度も、まるでトラウマのようにフラッシュバックするのは、私が担当するはずだったドラマのライター名が、西田舞になっていた、あの一冊の仮稿だった。逢坂さんのファイルの下から引きずり出した瞬間、眼に入ってきた西田舞の名前に、胸をドンと叩かれたようにショックを受けた、あの記憶。

思い出すたびに悔しくて、嫉妬で眼の前が暗くなる。

本当は私が書くはずだった、という思いが、執念深く消えなかった。

——私実は、伊藤先生のこと……ずっと前から知ってたんです。

最初のシナリオを仕上げて顔合わせをしたとき、のちに私の親友になってくれたエッセイスト——麻里ちゃんは、こっそりと教えてくれた。

どうしてですか、と驚く私に、麻里ちゃんは衝撃の告白をくれた。

——伊藤先生、昔、短編小説のサイト持ってましたよね？　私、先生の作品が好きで……。

それを聞いたときは、びっくりしすぎて倒れそうになった。恥ずかしくて、顔も真っ赤になっていたと思う。昔からお話を考えるのが好きで、ずっと脚本家になりたかった。

でもデビューするのは簡単なことではない。だからデビュー前は、コンテスト用のシナリオを書きながら、落選した作品を短編に書き換えてサイトに載せていた。シナリオより、小説のほうが読んでもらえるからだ。世間からはいらない、と捨てられた作品たちでも、せめて誰かに見てもらいたかった。

とはいえ、私のサイトは人気があったわけでもなく、訪れる人は日々わずかだった。

それなのに、まさかあのサイトの存在を知っている人と出会うようなことが人生であるなんて、思いもしなかった。

——あんな素人時代のもの……。でも、どうやって私がそのサイト運営者と同じだって、分かったんですか？

サイトはハンドルネームでやっていたので、まさか伊藤美汐にたどりつく人がいたとは意外だった。デビューしてからは必死にシナリオを書いていて、小説サイトのことはすっかり忘れて放置していた。

麻里ちゃんは悪戯《いたずら》するような顔で笑って、「最後のお知らせで、ラジオドラマのシナリオを書かせてもらってあったので」と言った。ドラマ名だけは書き記しておいたので、それをわざわざ探して、その後はずっと伊藤美汐の名前で定期的に検索してくれていたらしい。

——私、伊藤先生のドラマ、ほとんど全部見てるんです。本当は小説のファンだったけど……ドラマを見ても、あ、これは私の好きな伊藤先生の作品なんだって分かります。

麻里ちゃんは嬉しそうに頬を染めて、「だから奇跡みたいです。私の原作を、伊藤先生に担当してもらえるなんて……」と囁いた。

背が高く、お洒落で、都会的な麻里ちゃんが、恋する乙女みたいに紡いでくれた言葉に打たれて、投稿時代にいくつも落選して気落ちしていた過去さえも、報われたような気持ちになった。誰の眼にも留まらないだろうと思っていた残骸のようなお話たちが、麻里ちゃんと私を繋いでくれたと思うと、嬉しくてたまらなかった。

仲良くなってからも、麻里ちゃんはいつも私を前向きにさせてくれた。

私が仕事への自信をなくすたび、美汐の作品は面白い、だから書く意味はあるよと、何度も言ってくれた。家族を犠牲にしているのに？　涙ぐんで問い返せば、美汐はちゃんと、家族を大事にしてるよといつだって肯定してくれた。

「麻里ちゃん……」

膝で泣いている悠をぼんやりと見ながら、私は呟いた。

麻里ちゃんとは、もう会えない。

麻里ちゃんが愛してくれた作品を、私が生み出すことも、もうない。


上手く眠れない日が続いていたある日、梅雨がひととき明けて、五月晴れになった。

私は保育園退所を決めてから数日間、ずっとくよくよしていたが、これ以上落ち込んでいても仕方がない。子育てをやり直すと決めたのだから、麻里ちゃんのことも、仕事のことも忘れよう。そんなふうに、自分に言い聞かせた。

保育園から、園に預けたままになっている荷物を取りにきてほしいと連絡があったので、その晴れた日に、私は悠を連れて出向くことにした。

保育園は児童館と同じで駅前にある。久々に訪れると、園長先生をはじめ保育士たちも驚くほど温かく私と悠を迎えてくれた。

悠の担任四名は、玄関先に代わる代わるやってきて、久しぶりの悠を抱っこしたがった。

「悠くん、元気だった？　会いたかったよ」

保育士に声をかけられた悠は、笑顔になった。特に懐いていた担任には自分から近づいていき、抱っこをねだっていた。

「お仕事辞められたって聞きましたけど……お母さんお疲れみたい。ちゃんと眠れてます？」

園長先生が、私の顔色を見ながら心配そうに言う。

私は大丈夫です、と繰り返して、園に預けておいたおむつやティッシュ、着替えなどの荷物を受け取った。

本当は悠が最近昼寝をしなくて、どうしたらいいでしょうか、と訊きたくなったけど、仕事を辞めてまで専念し始めた育児が上手くいっていないことを知られるのが恥ずかしくて、言えなかった。

「悠くんのお別れ会したかったです。今からでも、お母さんさえよければ」

担任の保育士がそう言ってくれた。

「ねえ。お友だちにも最後に会わせてあげたいよね」

他の保育士も後押しする。ひどく胸が痛んだけれど、私は、改めて悠を連れ、保育園に来る勇気がなかった。次に来たら、退所したことをもっと後悔してしまいそうだった。

「……本当にありがたいお申し出なんですけど、きっとすぐに次の子が決まりますよね。退所しておいて来るのは申し訳ないので……」

そんなのいいのに、一時間くらいですよ、と言われたが、やはり断った。

「それじゃあお母さん、これお願いします」

園長先生に、職員室に連れていかれて、私は退所届を渡された。借りたボールペンで、職員室にある事務机を借りて、のろのろと空欄を埋めていく。

今ならまだ引き返せると思っているうちに、書き終えてしまった。園に入るまでには無数の手続きと苦悩、そして激しい競争があったのに、退所届にはハンコを捺《お》す欄すらない。そしてその一枚の紙切れは、あっという間に園長先生の手の中に収まった。働くママにとって、この世の中ってきついよな、とふと思う。

なんにせよ、これで本当に、悠と保育園の縁は切れた。私はもう引き返せない。

玄関へ戻ると、保育士たちがまだ悠を代わりばんこに抱っこしていた。

「悠くん、淋しいよ〜、また遊びに来てね」

そんなふうに声をかけてくれている保育士たちを見ていると、悠がこの保育園でとても可愛がられていたことが感じられて、そんな場所から引き離した自分がひどい親に思えてくる。私は罪悪感で息苦しくなりながら、急いで退園した。

本当は、通園させていてもよかったかもしれない。お迎えの時間を早めれば、「前」より十分可愛がってあげられたかもしれない。もしかして私は単に、自己満足のためだけに、保育園を辞めさせたのではないか。

自分への批判が、胸の中に湧き上がる。

でももう、自分を責めることに疲れすぎていて、私はなるべくなにも考えないように歩いた。

ベビーカーの中で、悠は私が与えた乳幼児用の白い柔らかなおせんべいをちまちまと食べているせいか、おとなしい。

「悠くん。児童館行ってみようか」

お昼にはまだ時間がある。家に帰るなら駅前の大通りを渡って真っ直ぐだが、児童館に行くなら大通りを渡らずに右手に向かう。ここからなら、歩いて五分もかからないから、そう思いついた。

仕事や親友、「前」と同じように生きていたなら得られたのに、既に失ったものについて、いつまでも悩んでいるわけにはいかない。児童館に何度も通っていたら、ママ友だってできるかもしれないのだ。そうすれば麻里ちゃんのことを惜しんで落ち込むことも減るだろう。

私は気持ちを切り替えて、児童館へ向かった。


梅雨の晴れ間を惜しんでか、今日の児童館は以前来たときよりも人が多かった。

今度は自分から誰かに話しかけてみようと、私は広いプレイルームで、そわそわしながら悠と遊んでいた。でもやっぱり、今日も小グループで固まったママたちが多くて、なかなか輪に入れる雰囲気ではない。

やっぱり駄目かなと、ため息が出たときだった。

「そのおせんべい、添加物が入ってるからやめたほうがいいよ〜」

いきなり誰かに話しかけられた。ぱっと顔をあげると、どこかで見たことのある人が立っていた。

日焼けした肌に、化粧けのない顔。小柄だけど、黒い眼に力がある。麻のブラウスに、ジーンズ。

ふと、この前児童館に来たとき、途中から入ってきた人じゃないかなと気づいた。彼女は三歳ぐらいのお子さんを連れていて、その子はじっと、悠が食べている白いおせんべいを見つめていた。

「近所に住んでるの？　私、この地域でこういうことやってて」

と、私に話しかけてきたママが、隣に座りながらチラシを一枚渡してくる。

チラシにはかわいらしい子どものイラストと、泥付きの野菜の写真がセンスよく配置されていて、『子どもの未来と食べものについて語ろう』と見出しがあった。どうやら、オーガニック系の育児イベントの広告のようだ。主催者のところに、相川ゆき、とある。

「あ、その相川ゆきっていうのが私の名前」

隣に座ったママが、チラシを指さしながら教えてくれる。相川ゆきさんという人は、さっぱりした、明るい女性だった。年は私とそう変わらないように見える。

「あ、私は伊藤美汐っていいます。この子は悠」

「悠くん。かわいいね〜。ママは美汐さんね。私のこともゆきって呼んでね」

愛想よく言われて、胸がどきりと高鳴った。名前で呼び合えるのなら、ママ友になれるだろうか？　ちょっとした期待に胸がうずく。

「えーっと食育、のイベントですか？」

もう少し話がしたくて、もらったチラシのことを訊く。本当はイベントに興味はないが、せっかく話しかけてくれた人を逃したくない気持ちがあった。

「これ、自宅でやってるの。私、アロマセラピストで、もともとマクロビとか、オーガニックな食事とかも勉強してて。子どもを産んでから食育とか医療とか、みんな不安になるじゃない？　私も自分でいろいろ勉強したから、それを伝えたくて、お話会みたいなのを企画してるんだ」

アロマセラピスト。普段あまり関わりのない職業だけど、なんとなくいいイメージがある。育児が始まるまでは、仕事場に小さなアロマストーンを置いていて、集中力が切れてきたらローズマリーの精油を垂らしていた。それだけでも、気分が変わる気がして。

「アロマは私も好きです。今は子育てで余裕がなくて、あまり使ってないけど……」

「本当？　嬉しい！　育児って余裕なくなるよね。眼の前のことに精一杯で、つい自分の好きなものもなおざりになるし」

「そ、そうですよね」

相川さんが私に同調するように言ってくれたので、少し警戒が解ける。やっぱり育児ってみんな、余裕ないですよね？　私だけじゃないですよね？　と念を押して訊いてみたくなる。

「私、自宅でアロマ系のセミナーやったり、自分でブレンドしたオイルやお茶を販売してるんだけど、授乳中でも使えるものとか、結構あるよ」

そうなんだ、すごいですね、と相づちを打ちながら、ふと最初に声をかけられたときのことを思い出した。たしか悠が食べている白いおせんべいを「添加物が入ってるからやめたほうがいい」と言われたのだ。

「このおせんべい、あまりよくないんですか？」

悠が食べている白いおせんべいは、小さな子がよく食べているものだ。スーパーなどの乳幼児向けの棚では、どこでも売られている。お米からできたものだし、悪いものには思えない。それでも少しだけ怖くなって訊くと、相川さんは「ちょっとなら大丈夫」と言いながらも、「でもやっぱり加工食品だからね。添加物って気づかないうちに蓄積するものだから」と付け足した。

近所だから、今度イベントに来ない？　と誘われた。

私はしばらくの間、躊躇った。実を言うと、こういうオーガニック系の集まりは、四十歳の私が警戒していたものの一つだった。

この手の集まりの中には、耳触りのいい健康情報や、ごく浅いスピリチュアル的メッセージがちりばめられているものが多い。それだけなら少しいい情報を知ることができたというだけで終わるし、自分が生きやすくなるヒントを得られたりもする。ただ、数多《あまた》ある「自然派」の集まりの中には、ひっそりとマルチ商法や詐欺などが潜んでいたり、非科学的な情報で母親の不安を煽《あお》り、間違った行為を促すような危険な団体もあって、六年後の日本では、それらがまあまあの社会問題になっていた。

でも、すべてのオーガニック系情報を私が疎んでいたわけではない。ある程度なら、生活に取り入れてもいいな、と思っていた。スピリチュアルなものだって、楽しめる範囲の占いや、短時間の瞑想などはむしろ積極的に取り込んでいたし、コンビニでも買えるような手軽なオーガニック料理や、ハーブ、アロマなどはむしろ好きなほうだった。軽めのイベントならば、私でも楽しめる。

「悠くんくらいのお子さんのママ、いっぱい来てるよ。イベントって言っても、ほぼお茶会みたいな気軽なものだし。子どもたちは一緒になって遊んでるから、ママたちはその間悩みとか相談しあえるし、楽しいよ」

相川さんに言われると、心が惹かれた。

一度行ってみて、合わないと思ったらやめればいい。もしかしたらここで、ママ友ができるかもしれない――。

それに食育に関して、私は不安でたまらなかった。悠の喉にトマトを詰まらせて以来、ちゃんとした手料理を食べさせられていない。簡単にできるオーガニックなレシピなどがあるのなら、知りたいと思った。

「……行ってみようかな。食育には興味があるし」

控えめに言ってみると、相川さんは手を叩いて、「大歓迎。子どものことを考えるいいママだね」と言ってくれた。

――いいママだね。

なにも知らない人からの褒め言葉。お世辞だと分かっているのに、胸が跳ねた。

……いいママ。私が、「いいママ」。

その言葉が頭の中に反響して、心が熱いもので満たされていく。心のどこかで、ずっと抱えている飢餓感が軽くなるのを感じた。

連絡先を交換し、イベントへの参加方法を教えてもらって、家に帰り着くまでの間、私はここ数週間で一度も感じたことのない幸福感に、包まれていた。


翌日、珍しく早朝に眼が覚めた。

湿気でじっとりとした布団の中で身じろぐと、悠は夜中にぐるぐると動いたらしく、私と直角になって眠っていた。

そっと起き上がり、リビングへ出る。と、晶くんがシンクに溜まった汚れ物の食器を、食洗機に入れてくれているところだった。スーツを着て、出勤前のその顔からは怒っている気配が漂っている。

思えば、晶くんと顔を合わせるのは数日ぶりだった。

カーテンを開けていても、小雨の降る曇天の中、リビングは不気味な灰色に沈んで見える。

私は晶くんの不機嫌が怖くて、あえて声をかけなかった。寝ぼけ眼でふらふらしながら、床に散らばった悠の玩具を片付けていく。

食洗機の作動する音が聞こえてくる。晶くんは私の近くにやってきて、一緒に玩具を片付け始めた。

「洗濯物、風呂場に干しといたから」

ぼそりと言われた。ありがとう、と返す間もなく、ため息まじりに「なんでこんなに玩具があるんだよ」と苛立った声で呟くのが聞こえてくる。

勝手に買い与えている行為を責められた気がして、胸苦しくなってくる。晶くんが醸し出す、イライラとした空気が肌に突き刺さって痛い。

私はまるで自分はいないもののように、晶くんの声も聞こえていないように、じっと押し黙ってただ散らかった部屋を片付けた。でも玩具は、玩具箱に入りきらないくらいあって、こぼれた分は箱の周りに積み上げるしかなく、部屋はどうやっても雑然としていた。

「美汐ちゃん」

不意に呼ばれて、心臓がどくっといやな音をたてた。夫相手にひどく緊張して、私は振り返った。

「なに？」

「保育園から、連絡ない？　こんなに休んでても、退所についてなにも言われてないの？」

晶くんの言葉に、喉がぐっと狭まる。もう退所したんだ、と言ってしまおうかと思ったが、晶くんの眼は明らかに、私への苛立ちと、軽蔑を含んでいるように見えた。言えば責められると分かっているから、伝える勇気が出なかった。

今はタイミングがよくない。私が「いいママ」だと晶くんに認めてもらえてから言えば、理解してくれるはずだ。本当はそうじゃない気もしたけれど、私は都合よく自分を騙《だま》した。

「うーんと、もう少し休みたいって話したら、分かってくれたよ」

「本当に？」

疑うように、さらに訊かれる。

「入園を希望する子が出たら、どうするか考えてほしいって言われたけど」

もっともらしく嘘をつく。晶くんは信じてくれたのか、「そう」とだけ言うと、踵を返し、玄関へ向かった。

「あ、いってらっしゃい……」

追いかけたが、私が玄関にたどりつく前に、晶くんは出て行った。

私はしばらく、廊下の半ばで突っ立って、晶くんが出て行ったばかりのドアを見つめていた。

「以前」の人生での晶くんは、家を出るとき、毎朝必ず抱きしめてくれて、私の頭を撫でていくような甘やかな人だった。

「嫌われたのかな……」

ぽつりと呟く。「脚本家じゃない妻」には、興味も関心もないということだろうか。

そんなことを思うと、胸がもやもやしたけれど、今だけのことだ、きっと慣れてくれる、そのうちなんとかなるはず、と深く考える前に心に蓋をした。

これ以上いやなことを考えないように、部屋の掃除に戻る。三十分ほど無心に片付けて、いつもよりはまだ家の中がきれいになったころ、悠が起きてきた。

「悠くん、今日はねー、食べ物のことを習うとこに行くよ。小さい子もたくさん来るんだって」

起きぐずって機嫌が悪い悠を抱っこしながら、そう話しかける。

今日は、相川さんに誘われたイベントへ行く日だった。誘われたときには躊躇ったけれど、当日になると楽しみになってきた。なにより、「以前」の人生にはなかったことだし、晶くんとの険悪な状態や、私自身の子育ての失敗について考えていると落ち込むから、新しいことをするのは気が紛れていい。

食育について話す集まりなので、悠にどんな朝ご飯を出していいか迷った。

もし、今日の朝ご飯は？　と訊かれて、ベビーフードやレトルトを使ったなんて言ったら、軽蔑されるかもしれない。

私はしばらくキッチンでうろうろして、とりあえずヘルシーな感じにしようと、サツマイモのレモン煮と、小さな小さなおにぎりと、バナナ、ヨーグルトを出した。

悠は相変わらず今日も、食事どきにイヤイヤを繰り返した。苛立ちを抑えながら世話をして、十時の集まりに向けて九時から支度する。

いざすべてが整って出かけようとなり、悠が不器用な手でスニーカーを履くのを補助しようとすると、盛大に反抗された。

イヤイヤ期ってこんな感じだったかな、と思い出す。四十歳の私は悠のイヤイヤ期なんて他の子と比べるとたいしたことなかったと思っていたけれど、急いでいるときに十五分もかけて靴を履かれるのは、やっぱり耐えがたい。

「悠くん、今日ママ急いでるの。もうママが履かせてあげるから、お願い」

いくら待っても靴を履き終わらない悠に焦《じ》れて手を出す。悠は「やー！」と言いながら、私が履かせ終える前にぎゃあぎゃあと泣きだした。

「ごめんね、次は悠くんにさせてあげるから、今日は我慢して」

イベントが開催される相川さんの自宅までは、自転車で十分ほど。今は九時四十分。始まるまでに二十分しかない。少し焦る。泣いている我が子を抱きかかえて、マンションの駐輪場まで下りる。けれど今度は悠が体を突っ張って、なんとしても自転車のチャイルドシートに乗ろうとしない。いやだいやだと号泣して、無理やり押さえつけようにも、全身で抵抗される。

何度か悠を落としそうになり、私は自転車で向かうのを諦めた。

この時点で疲労困憊《こんぱい》になりながら、部屋に戻ってベビーカーを試しても、乗ってくれない。ベルトを締めるより先に、ハンドルの隙間からずり落ちる。

苛立ちと焦りが頂点に達した。

「なんなのよ！　ママ急いでるのに！　ベビーカーくらい乗って！」

また、怒鳴ってしまった。悠はもっと泣く。私はため息をつき、自分の気持ちを必死に宥《なだ》めた。こんな小さな子に怒ったって、理屈など通じないのになぜ腹を立ててしまうのだろう。悠くんごめんね、と囁きながら、仕方なく抱っこして、徒歩で目的地に向かうことにした。たぶんこの状態だと、悠は抱っこ紐にも入ってくれないだろうし、歩かせることもできない。

片手に十キロの子ども、肩にはおむつや着替えの入った重たいマザーズバッグ、そして小雨が降っているからもう片手に傘。

こんな状態で徒歩二十分の距離を歩く。

悠が泣き止んでくれるよう、歩きながらいろんな声かけをして、慰める。ほら、大きいトラックだよとか、あそこ、ぶーぶー走ってるねとか。

でも私のほうが泣きたかった。

そのうち悠は機嫌を直してくれたけれど、相川さんの自宅にやっとの思いで着いたときには、私はもうぼろぼろで、くたくたで、髪も乱れ、あちこち濡れて、ひどい状態だった。

「わあ、美汐さん大変だったねえ。体冷えてない？」

インターフォンを押したら、相川さんが出てきて、心配してくれた。私は十五分遅刻していたので恐縮しており、まずはそのことを謝った。

「気にしない、気にしない。子どもといたら出発時間なんて狂うし」

その一言にほっとしながら、誘われるまま室内へ入った。

相川さんのお家は、ごく一般的な二階建ての一軒家だった。このへんはそう土地が安くはないので、通されたリビングも十二畳くらいのやや狭い間取りではあったけれど、そこにぎゅっと六組くらいのママと子どもたちがいて、不思議と温かな感じがした。部屋の中に漂う、優しいアロマの香りも、さっきまで雨の中を歩いてきて疲れきっていた私の心を癒してくれる。

初対面のママたちが、一斉に私へ眼を向けたので、緊張して胸がばくばくした。上手くやれるか自信がなくて、額が冷たく汗ばんでくる。

けれど相川さんが、「伊藤美汐さんと、伊藤悠くんです。今日初めての参加なの」と紹介してくれると、方々から「はじめまして〜」「来てくれて嬉しい」と歓迎の声が飛んできた。

ふわふわした、温かい笑顔が部屋に溢れていて、来るまでの疲れも吹き飛ぶくらいに、安心した。

リビングはカウンターで仕切られたキッチンとひと続きの、我が家と同じような構造。

そのキッチンカウンターにはエッセンシャルオイルや、手作りらしいアロマスプレー、小分け包装されたハーブティらしきもの……などが並んでいる。家で手作りの商品を販売している、と聞いていたので、これらがそうなのだろう。

部屋の一角にはい草マットが敷かれ、子どもたちの遊ぶスペースになっていて、絵本や木製の玩具などが置いてあった。

「美汐さん、よかったら悠くんそこで遊ばせてあげて」

相川さんが言い、他のママの一人が「子ども同士勝手に遊ぶから〜」と冗談っぽく笑って付け足す。

「あ、じゃあお借りしますね。悠くん、よかったね。玩具あるよ」

きょとんとしている悠をそこに連れていくと、先に来ていた一歳から三歳くらいまでの子どもたち数人が迎えてくれた。悠も私を気にせずに、他の子たちに混ざって遊び始める。

その光景が、私にはとても嬉しく思えた。友だちと遊ぶ。それは七歳の悠に、私がずっと求めていたものだった。

このままいけば、この光景は日常になるんじゃないか。そんな淡い希望を胸に、ママたちの輪に戻った。一通り自己紹介をしてから、出されたハーブティを飲んでいると、ゆったりと会話が始まる。

「伊藤さんは、お仕事してるの？」

質問された私は少し迷い、

「専業主婦です」

と、答えた。嘘をついているような後ろ暗い気分になるが、現状、嘘ではない。

ママたちは、主婦って家のことたくさんしなきゃいけないから、大変よねえ、と優しく言ってくれる。

「でも、私は家事が全然できてないので……」

「小さい子いるときは仕方ないよお」

そう言われると、慰められる。今朝、汚い家や手の回っていない家事について、晶くんが怒っていそうだったのが怖かっただけに余計だった。

六人いるママたちのうち、三人は専業主婦だった。残りの三人は育休中だったり、近々パートを探そうと思っていたり、仕事と呼べるほどではないが、ハンドメイド作品をネットで売っているとのことだった。

「すごいですね、自分で作ったものが売れるなんて」

「私なんて全然。相川さんこそ、アロマや食事や、体のことなんかも知識がすごいのよ。私もそれを学んで、最近布ナプキンとか作ってるの」

「布ナプキンですか？」

「女性の体はすごく大切なものだから、化学物質で作られたナプキンで苛《いじ》めることはよくないと思うのよね」

相川さんが合いの手を入れたが、基礎知識のない私にはあまり分からない話だった。

でも「前の私」の周りには布ナプキンを試してみた、という人が結構いたし、「わりといいよ」という話も聞いた。通常のナプキンと違い、デリケートゾーンがかぶれにくいと言う人もいた。一方で、あれは嫌い、と言っていた人もいる。

ここにいるママたちは、生活の中にオーガニック志向を取り入れて暮らしているのだろう。ただ市販のナプキンが体を苛めているという主張にはびっくりした。私にはない価値観だったから。でも、会話はそのあとすぐべつの話に移った。

ママたちは上の子が通っている幼稚園のことや、公園でのことなど、他愛ない話に花を咲かせた。チラシまで用意された語らいの場だったので、一つのテーマに絞って話し合うのかと思っていたら、そうでもないらしく、場の空気は緩やかでとても雰囲気がいい。

ママたちは時々私にも、話題を振ってくれる。緊張しながら、この人たちから嫌われないように、当たり障りなく返答した。

「来るとき雨降ってたでしょう？　大変だったね」

そう言われて、「子どもが出るときにイヤイヤを起こしちゃって……」と話すと、「あ〜、分かる。きついよね！」と賛同してくれる声があがって、私は安堵した。

「やっぱりみなさんも、子育てしながらイライラしたり……ありますか？」

ドキドキしながら、訊いてみる。集まっているママたちはみんな、私よりずっと余裕がありそうに見えた。みんな笑顔だし、楽しそうだ。

そんな人たちから、あるよー、あるある、と声が返ってきて、ほっとした。そうだよね。「いいママ」でもイライラすること、あるよね。私は心の中で、自分を慰める。

「あ、そういえば朝ご飯ってなに食べさせた？」

すると相川さんが訊いてきて、私は内心、「きたっ」と思って緊張した。正直に、今朝のメニューを告げる。

「たくさん用意しててえらーい」

「品数豊富だね」

ママたちはそう褒めてくれ、相川さんもほんとほんと、と頷いている。これは、認めてもらえたということだろうか。そう安心しかけたとき、「でも」と相川さんが口火を切った。

「お野菜は、スーパーに売ってるものは農薬がかかってるし、無農薬のほうがいいよ。ブロッコリーなんてワックスかかってるんだから！」

私は耳慣れない言葉に、一瞬答えを返せなかった。周りのママたちは、たしかにね、怖いよね、と同調している。

「あとお砂糖も、白砂糖は化学物質だから毒なの。ちゃんと自然なものに変えたほうがいいかも。お米も、白米より玄米がいいよ」

白砂糖を使ってはいけないの？　私はわずかに混乱した。玄米は、まだなんとなく分かる。

「お砂糖を使わないで……料理ってできるんですか？」

「手軽に手に入るのは米麴の甘酒かなあ。あとはネットでオーガニックシュガーが売ってるから、よかったらあとで教えるよ」

わずかに違和感を覚えながらも、助かります、と言う。相川さんはにこっと笑って、

「美汐さんは悠くんのためによりよい食事を考えてここに来てくれたんだもんね。すごくいいママだよね！」

と、明るく声をあげた。「いいママ」。その言葉が、胸に響き、脳をとろけさせる。うっすらと感じていた違和感も、忘れてしまうくらいに。

「ほんとにいいママ。最近は忙しくて、食事なんてレトルトでもいいでしょってママも多いのに」

「そうそう。子どものために生活を変えてみようって思えるなんて、すごいよね」

口々に褒められると、胸の中に嬉しさがこみ上げてくる。

私を、「いいママ」だと言ってくれる人たちがいる。そのことに、お世辞だと分かっていても救われる。

「……私、その、添加物のない食事の作り方知らなくて……なにか参考になるものってありますか？」

もっと「いいママ」と思われたくて訊ねると、うちはこれをよく作るよとか、お勧めのレシピサイトのこととか、たくさん情報がもらえた。私は真剣にそれを聞いていたけれど、途中で、

「それとね、電子レンジは使っちゃ駄目」

と相川さんに言われたときには、さすがにショックを受けてしまった。

「え、電子レンジ、駄目なんですか？」

「うん。電磁波が出るから」

「電磁波」

「電磁波は体に悪いよ。食べ物に毒がついて、それを食べると体に毒が溜まっていっちゃう」

よく分からない理論だった。でも、強く言われると反論ができない。

「じゃあの、冷えたものを温めるときにはどうしたら……」

「蒸し器がいいよー。素材の栄養分も抜けないし！」

蒸し器……。新婚のころは、時間があったのでたまに使っていたけれど、妊娠してからはとんと使わなくなった面倒な調理器具。無添加生活を送るには、レンジが使えないなんて思ってもいなかったから、これにはかなり意気消沈した。

それと同時に頭の片隅で、「この人たち、変わってるな」という気持ちが芽生えていた。オーガニックがよさそうなのは分かる。布ナプキンも、体質に合う人は使えばいいと思う。でも電子レンジを使ったらいけない、はさすがに非現実的に感じた。

「前の私」は、こういう考えとは真逆の立ち位置にいた。便利な物はなんでも使う。料理は時短。レトルトも冷凍食品も、上手に活用して時間を作っていた。なるべく自分を甘やかして過ごさないと、子どもの前で笑うことすらできなくなりそうだった。

コンビニで売っていた、温めるだけのさばの味噌煮や、SNSを通じて回ってくる、レンジだけで調理可能なレシピなどに、何度感謝したか知れない。

それでもそのレンジを使う手間にさえ割く気力がなくて、保育園からお迎えしたばかりの子どもを抱っこして、近場のファミレスに駆け込み、片手で自分の食事、片手で悠の世話をする……なんて日もあった。

けれどファミレスの話なんてここにいるママたちにしたら、「悪いママ」だと言われてしまうだろう。私は自分の違和感よりも、「いいママ」だと思われたい気持ちを優先した。

「みなさんすごいんですね。私、今は主婦なんですが、ちょっと前までは働いてたので……時間がなくて、手の込んだことはなにもしてきてなくて」

　仕事のことを言い訳にする。

「慣れたら簡単になるよ。私も前はなにも知らなくて……子どもの体に毒を溜めちゃって」

　一人のママが、そんなことを言う。

「イヤイヤもね、体に毒が溜まってるってことだから。ちゃんとした食事をさせてあげたら、落ち着いてくるよ。うちはそうだったから」

　相川さんがすごいことを言う。イヤイヤ期って、食事でなくなるものなの？

　そんなわけはないだろうと思いつつも、他のママたちは尊敬の眼差しで相川さんを見ているから、そういうこともあるのかもしれない。

「子どもって大人と違って、本当に体が必要としているものを知ってるから。だからナチュラルなものを喜ぶの。ただ最初は体に毒が溜まってるから、なかなか食べないこともあるけど、そのうち好転反応が起きて、解毒完了したら、もう無敵の体になるのよ。五歳までにはそうしてあげたいよね」

　周りのママたちが、うんうんと頷く。私も一応、なるほど、と頷いてはみたものの、毒が溜まっているとか、解毒などの強い言葉に、衝撃を受けてしまった。

　でも、「子どもは体が必要としているものを知っている」という言説は、妙に説得力をもって聞こえてくる。

　いや、これはよくある母乳神話に近いもので、なんの信憑性もない話だ。どこかではそう思うのだが、母乳神話の非科学性を知っていてなお、断乳させていた悠に授乳を再開させた私が、彼女らの言葉を否定するのは変に思えた。

私は相川さんから、無農薬野菜やオーガニック食品が買えるサイトの一覧、簡単なレシピ集などを教えてもらった。どうやらこのコミュニティのママたちはメッセージアプリでグループトークをしているらしくて、私も仲間に加えてもらう。今日来ていなかったメンバーもいて、グループ名は「ナチュラル子育て」、メンバー数は十五人だった。

相川さんが早速、グループに『今日の語らいの場に初参加の、伊藤美汐さんにも入ってもらいました！』とメッセージを入れてくれたので、その場で『初めまして、よろしくお願いします』と書き込むと、次々に反応があった。明るい絵文字やスタンプで画面がいっぱいに埋め尽くされ、『はじめまして！　次はぜひお会いしたいです！』という内容がいくつも続き、急に友だちが増えたみたいで嬉しくなる。

そのあとには、『さすがゆきさん！　いつの間にか輪を広げてる（爆笑）』みたいな、相川さんを讃える言葉が続いた。どうやらこのグループトークの中心者も、相川さんらしい。

たしかに相川さんは気さくだし、知識も他のママよりあるようだし、明るいし、中心者になるのも分かる。私を誘ってくれたときもすごく自然だったから、十四人のメンバーは相川さんによって集められた人たちなのかもしれない。

語らいの場は、二時間ほどで解散となった。正午を過ぎており、子どもたちにご飯を食べさせなければならないからだ。

悠は見慣れぬ玩具とお友だちに興奮したらしく、ずっと遊びに集中してくれていた。そして私は今日会った人たちと存分に話せて、満ち足りた気持ちだ。

みんなが帰り支度を始め、私も悠を抱き上げると、悠は機嫌のいい笑顔で私の頬を叩いた。かわいくて、私も笑い返す。久しぶりに、余裕をもって悠と接することができている気がした。

「美汐さん、これよかったらお近づきの印に。使ってみて」

他のママたちが子どもに靴を履かせたりしていて、玄関先がごった返しているので、しばらく廊下で待っていたら、相川さんがそう声をかけてきて、透明の小袋にラッピングされた小瓶を渡された。アロマオイルのようだ。

「いいんですか？　でも……」

「これね、レモンのオイルだから、水に落として飲んでもいいの。体にもすごくいいから、試してみて。気に入ったらうちで取り扱ってるからいつでも買えるし」

アロマオイルを水に入れて飲む？　自分の常識の範囲ではありえないことだったのでびっくりした。でもアロマセラピストの相川さんが言うのだから、飲めるオイルなのだろう。

他のママたちも出る準備をしながら、「あ、それいいよー。今私たちの間で流行ってるの。お通じもよくなるよ」と声をかけてくる。

ふと、児童館で初めて相川さんを見かけたとき、私のそばにいたママが「お代を払いたい」と相川さんに言っていたのを思い出した。

あのママも、相川さんからこのオイルを買っていたのかもしれない。

美汐さん、育児がんば！　と、世代の分かる励ましをもらいつつ、最後尾で相川さんの家を出る。幸いにも雨はあがっており、空は明るく晴れていた。悠はお友だちと遊んで楽しかったのか、今はご機嫌で私と手を繋いで歩いてくれている。

同じ方向に向かうママが一人いたので雑談しながら進んだが、そのママともいくつめかの角で別れた。

「また次の会にも来てね。美汐さんが来てくれてほんと嬉しい」

「ありがとうございます、ぜひ」

これは、ママ友になれたと思っていいのかな。コットンワンピを着たそのママと子どもに手を振って悠と二人になると、私は急いで教えてもらったオーガニック食品サイトをスマホで覗いた。

悠がまたぐずって、抱っこをすることにならないうちに見ておこう、と思ったのだ。

「うわ、高……」

サイトを見た瞬間、思わず呟いてしまった。

泥付きの野菜や、近所のスーパーでは見たこともないお米やお味噌。どれも割高だった。

でも、と思う。もしかしたらこの食事方法なら、悠の偏食は直るかも。今ならまだ、それほど好き嫌いも激しくないし、間に合う。

私は決心して、商品を次々とネット上のカートに入れた。

三十四歳、梅雨あけ間近

相川さん主催の『子どもの未来と食べものについて語ろう』の集まりは、週に三回開催されていた。

場所は毎回相川さんの自宅。時間は平日の午前十時からと決まっている。

グループトークには遠方の人もいるし、みんなそれぞれ都合がつかなければ出席しないので、常にいるメンバーは大体四人くらい。あとはそのときそのときで人が入れ替わり、参加者は合計六人から十人といった規模だった。

私は、週二回ほどのペースで顔を出していた。ママ友がほしかったし、他のママが連れてきた子どもたちと悠が遊んでくれるし、それと――顔を出すと「頑張って勉強している、いいママ」と言われて、その瞬間がとてつもなく心地よかったからだ。

その会で勧められたものは大抵買ってみたり、試してみたりもした。

添加物を抜いた食事を作るのは私にとってはハードルが高かった。手間もかかるし、レンジを使えないのはストレスだ。そのうえ何度か通ううちに、「色の白い食べ物は毒」だから、牛乳やヨーグルトもよくないと教わった。困ったことに、牛乳もヨーグルトも数少ない悠の好物だ。それに、私が苦労して作った玄米おにぎりや、体さらさら夕マネギスープやら、力が漲るふかし芋なんかは、全然食べてくれなかった。

相川さんに相談したら、

「今はまだ悠くんの体から毒が抜けてないのよ。化学調味料に舌が冒されちゃってる。ここがこらえどころ。ママの力を見せるときだから。美汐さんならできるよ、だってほんとに悠くんのこと考えてるもの」

と言われて、そうなのかなと思った。ここでこらえたら、「いいママ」になれる？

励まされたあと、私は家にまだ残していた、便利なベビーフードや子どものためのレトルト食品、白砂糖などを、すべて捨てた。ゴミ袋が見つかったら、大量の食品を廃棄することに晶くんがなにか言うかもしれないと怖くて、ベランダの隅にこっそりと隠した。収集日に、見られないように出すつもりだ。

すぐに慣れると言われた蒸し器には、全然慣れないまま、四苦八苦しながらおにぎりを温めているようなとき、ふと我に返って「私、なんでこんな面倒くさいことしてるんだろう」と思うことがあった。

レンジくらい、好きに使えばいいじゃない、と。

そのたび、でもこういう育児のほうが正しかったかもしれないと、自分に問いなおしたりした。

実際、「ナチュラル子育て」で繋がっているママたちは優しくて、いつも私を肯定してくれる。今も、グループトークに『冷えた自分用のおにぎり、蒸し器で温めなおしてみてます』と書き込んだら、『既に使いこなしてる！』『えら〜い、体の中からきれいになれるね』などと、褒め言葉が並ぶ。

相川さんからは、『レモン水も飲んでる？　おにぎりにも合うよ』とグッドマークの絵文字付きでメッセージが入り、私は飲んでます、と答えた。

そう、レモン水。よく分からないけれど、しょっちゅう訊かれるので、白湯をピッチャーに入れて、そこにもらったオイルを少し垂らして飲んではいた。体にいいかどうかは分からない。普通の水と比べて柑橘類の香りがすることと、ちょっとだけ舌にもたつく感じがある。

この水は私だけが飲んでいるので家族には関係ないし、問題ないかな、と思う。

そんなこんなで、私は相川さんの家へ通い、自然な食事を心がける生活を、三週間ほど続けた。

「そういえば……みなさんは予防接種の管理、どうしてますか？」

集まりに参加し始めて七回目のその日、ふと思い立って訊いた。今日の参加者は私を含めてママが六人。その六人が、それまで和気藹々《あいあい》と話していたのをやめてシンと静まり、私はなにかまずいことを訊いたのだろうかと焦った。

でも、ごく普通の話題のつもりだった。小さい子どもを持つ母親にとって、予防接種のスケジュール問題は身近な厄介ごとだ。悠にはそろそろ水疱瘡《みずぼうそう》の二回目接種の時期が迫っていたので、なにげなく訊いたのだ。どうやってスケジュール管理をしていますか、と。

「美汐さんて、もしかしたら今まで病院の言うとおり予防接種打たせた？」

相川さんが訊いてくる声は、なぜだかやや鋭かった。「はい」と頷くと、周りのママたちが、同情を含んだ眼で、私と悠を見比べた。その視線に困惑する。

「次打つのってなに？」

「水疱瘡の二回目ですけど……」

「そっかあ、一回打っちゃったんだ」

残念がられて、さらに戸惑った。まるで打たないほうがよかった、と言わんばかりの口調に、急に心臓が不安でドキドキと高鳴っていく。

「注射って化学物質を体に入れることでしょ。なにが入ってるか分からないもの、大事な子どもに打つなんて不安じゃない？」

私は胸に、太い杭が打たれたみたいに痛みを感じた。眼の前がくらくらするほど、相川さんの言葉がショックだった。頭から、さあっと血の気がひいていくのが分かったけれど、なんでもない顔をしていなければならないと、ぎゅっとお腹に力を入れる。

「免疫って自然にできるものでしょ？　昔の人は注射なんて打たずに生きてきたんだし」

その昔の人の平均寿命は三十七歳かそこらだ。私にだって、そのくらいの知識はある。もう辞めたとはいえ、ものを書いていた。書くたびに大量の調べ物をしていたし、裏取りが必要なときには、専門家に話を聞いていた。

だから予防接種には意味があることを知っている。

「免疫力をあげるのは注射じゃなくて、普段の食事とか生活だよね」

相川さん以外のママたちが、しきりとそんな話をする。私は眼の前で繰り広げられる会話が、信じられなかった。

「じゃ、じゃあ、みなさんは予防接種、打たせてないんですか?」

私が訊くと、

「打たせてないよー」

「私は最初のころ無知だったから、ロタと四種混合は打っちゃった。でも相川さんに教えてもらえてからは打たせてないよ」

ほんと相川さん救世主〜、と誰かが言う。

「自然免疫が一番大切だから」

得意げに言う相川さんと、それを褒めそやすママたちを見ているうちに、ふつふつと、腹の奥から名状しがたい不快な感情が湧き上がってくる。医者でもないのに、なぜそんなに得意げに、免疫のことなんて語るの?

「……でも、じゃあどうやって水疱瘡の免疫をつけるんですか?」

思いがけず、いつもより低い声が出た。相川さんは、私の質問を聞くとおかしそうに笑い飛ばした。

「そんなの簡単。水疱瘡にかかったお友だちがいたら、その子にうつしてもらえばいいのよ。そうしたら免疫がつくんだから!」

——なにそれ？

あえて我が子を病気にさせて、苦しめるの？

これ以上は、聞いていられないと思った。予防接種を受けさせないと言えば、「いいママ」だと褒められるだろう。けれど、その気持ちよさを超えるほどに、私の中で許されないなにかに触れられた気がした。

気がつくと私は立ち上がっていて、「すみません、用事を思い出して」と言っていた。

急に硬い表情になった私を見て、相川さんや他のママたちがどう思ったのかは分からない。私はその場を適当に濁して、悠を連れて大急ぎで立ち去った。

いつの間にかずいぶん早足になっていたようだ。あまりにもきつく悠を抱いていたらしく、腕の中で悠が「たーい」と抗議の声をあげてから、私はハッとして足を止めた。

「ごめん、悠くん……」

腕の力を緩める。一度冷静になると、胸の中にむくむくと悲しみが膨れ上がる。そしてそれはすぐに、失望へと変わっていく。

——もっと普通の人たちだと思っていた。

内心で、そう呟いた。

たしかに食事の部分ではこだわりが強く頑なでも、子どもを守るための医療までは、否定する人たちじゃないと思い込んでいた。

でもそう思う一方で、違う、そういう人たちだと分かっていた、という気持ちもあった。あの集まりには最初から違和感があったのに、「いいママ」と褒められることが嬉しくて、初めて認めてもらえたみたいで、ついすがってしまったのだ。

でも私の中には、あの人たちに認めてもらうために悠の予防接種をやめる選択肢はない。いくら私が愚かな母親でも、それは越えられない一線だった。彼女たちが私より愚かというわけではなく、少なくとも、私の価値観と、彼女たちの信じるものがあまりにも違いすぎる。

――ああ、結局また振り出しに戻ってしまった。

頑張っていたつもりの三週間は虚しく消え去り、自分の愚かさだけが浮き上がって見える気がした。とたんに、足元が崩れていってしまうような、そんな不安に襲われる。

「悠……ママ、お友だち作れなかったよ」

呟くと、腕の中の悠が私を見上げて不思議そうにしている。

この先を、どう歩んでいけばいいのか分からない。ナチュラル子育ての仲間入りをする、という道筋は閉ざされ、私はたった一人で、暗闇の中に放り出されたような気分で途方に暮れていた。

家に帰ると、相川さんから個人的にメッセージがきていた。

――『今日、ちょっと急がせちゃったかもね。予防接種については詳しい人もいるから、よかったら今度会わせるよ！　でも、美汐さんの気持ちが最優先』

メッセージの最後には、ひまわりや虹などの、明るい絵文字が並んでいる。

私はどう返したらいいか分からなくて、ため息をついた。

ここで返さなかったら、もうあそこでできた友だちは全員諦めることになる。予防接種についての考えは変わらないけれど、そこだけ分かってもらえるなら、他の部分では好きな人たちだ。

あと一回、集まりに行ってみて、それから決めてもいいものだろうか。

この先の付き合いはどう考えても途絶されていると感じているのに、優しい言葉をかけられると気持ちが揺れた。

悩んで、結局『ありがとう。予防接種のことは自分なりに考えてみるね』と曖昧な返事をしてしまった。相川さんからはそのあとも返事がきていたけれど、会話を続ける気力がなくてトークアプリを閉じた。

なにも手につかない心理状態でも、子どもの世話は放棄できない。

食事、排泄の処理、入浴補助……その他もろもろ。やっているうちに夜になり、悠と一緒に布団に入ったものの、ふと夜中に眼が覚めた。

リビングに出ると灯りがついていて、帰宅した晶くんが、作りおきの肉じゃがを食べていた。

「お帰り」

声をかけて、カウンターに置いてあるピッチャーからアロマオイル入りのレモン水を飲む。

「ごめん、もしかして起こしちゃった？」

晶くんに言われて、私はそんなことないよと答えながら、彼の向かいに座った。

そういえば、こんなふうに晶くんと向かい合って座るのは久しぶりだ、と気づく。四十歳のころは、晶くんが在宅勤務になったこともあり、夕飯のあとは二人で一時間くらい話すのが日常だった。私たちはその日あったことを話したり、時事ネタを議論したり、子育ての悩みについて考えたりして、仲良くやっていた。

「あのさ、ちょっと聞きたいんだけど」

ぼんやりと「以前」を思い出していたら、晶くんが箸を置いて畏《かしこ》まった語調になった。彼の顔を見ると、どこか緊張が滲《にじ》んでいる。

「保育園に電話したら……既に退所したって聞いたんだけど、ほんと？」

私は、頭のてっぺんから血の気がひいていくのを感じた。

嘘がばれた。まだ、「いいママ」になっていないうちに。

その一瞬で、私は自分の愚かさを恥じた。どう考えても、すぐにばれる嘘だった。晶くんは保育園から退所勧告が出ないか気にしていただろうから、私がなんの働きかけもしなかったら、電話くらいするに決まっている。なのになぜ、正直に話さなかったのか。自分の浅はかさに愕然とした。

心臓が、痛いほどに鳴っている。

そっと顔色を窺うと、晶くんは厳しい眼で私を見ていた。

「……怒ってる？」

「怒ってるというか……なんで相談してくれなかったの？」

至極もっともな言い分だった。

私はうろうろと眼を泳がせ、なにをどう言えば許してもらえるかを考えた。でも、なにも思いつかない。晶くんは私の真意を知ろうというように、じっとこちらを見ていた。

「晶くんに言ったら、反対されると思ったから……」

言ったとたん、これみよがしに苛立ったため息をつかれる。それだけで私は怖くなり、体がぎゅっと縮まった。

「今までの美汐ちゃんだったら、相談してくれたと思う。反対されると思ったのはどうして？」

問われて、答えに惑う。黙ったままでいると、晶くんが眉根を寄せて、言葉を接いだ。

「理由に納得さえすれば、反対はしなかったよ」

「……でも、晶くんは私の言う理由じゃ納得しなかったと思う」

「どうしてそう思うの？　最近、美汐ちゃんがなにしたいのか分からなくて、こっちはそれだけで不快なんだけど」

「……ただ私は、ちゃんと育児がしたいだけで」

「なんで保育園通わせて、仕事しながらじゃ、ちゃんとした育児じゃないって発想になるの？きみはそういう考えの人じゃなかったよね。脚本家として……」

「そんなに脚本家じゃない私は駄目なの……っ？」

思わず、声が大きくなった。悠が隣室で寝ていることを思い出し、ハッと口をつぐむ。晶くんは腕組みし、イライラしたようにあぐらをかいた片足を揺らしていた。

「そういうのじゃなくて……悠が生まれる前まで、僕ら二人でいろいろ話し合ってきたのに、今はそのとき言ってたことと全然違うことしてるでしょ。前は仕事しながらでも愛情が伝わるようにするって言ってたよね？」

そう、私はたしかにそう言っていた。

接する時間が少なくても、愛情は伝えられると信じていた。悠が生まれてきてから、七歳の……あの、最後の日まで。私は眠る前に必ず悠の耳に唇を寄せて、「愛してるよ。大好きだよ。……生まれてきてくれてありがとう」と囁き続けていた。

それは私が幼いころに、自分の母親から聞きたい言葉そのものだったから。

その気持ちが本物であること、どれだけ私が駄目な母親でも、それだけは真実であると悠が知ってくれてさえいれば――悠は安心して育ってくれると信じていた。

「それに……美汐ちゃんは書くことが好きなはずでしょ？　ずっと頑張ってきたのに」

もったいないよ、と言う晶くんの声は、荒々しいものじゃなくて、傷ついたような響きだった。悲しそうに、辛そうに、私のキャリアを惜しんでくれているのが感じられた。キャリアというよりは、私が命を懸けていたものを捨てることへの、晶くんなりの悲哀だと思う。

晶くんには自分の美学がある。

だから私を妻にした。先の見えない夢に向かって突き進む姿が、好きだと言ってくれた。私の好きなところを彼に訊けば、一生懸命なところだと答えてくれた。

……一生懸命に、夢に向かっていた私。でも今の私は、晶くんからしたら、たぶんそうじゃなく見えるのだろう。

でも今の私だって、「いいママ」になろうと一生懸命だ。「いいママ」になろうという努力は、そんなに軽く見えるものだろうか。仕事をしていないと、人間としての価値は劣るとでも？それとも、ママである以上、「いいママ」でいることなんて当たり前なのだから、そのためにしていることはすべて、特別な努力じゃないように見えるのか。

——でもさ、晶くん。

私は訊きたかった。「前の私」だって、いいママになろうと努力していた。それでも足りなかったから、卒園式の日、悠が感謝の言葉を告げる相手はあなただったんだよ。

——私はそのことに、しつこくしつこく傷ついているんだ。

晶くんは「いいパパ」の称号をもらえた。晶くんがどれだけ「いいパパ」なのか、私だって知っている。晶くんは平日悠と関われなくても、週末の時間はすべて悠に使ってくれた。長期休暇には、私が仕事で連れていけない場所に、悠と毎日出かけてくれた。

じじばばの家にだって、晶くんが何度となく連れて帰ってくれた。私が一緒に帰れた回数は、そのうちの五回に三回くらい。

悠の特別な思い出にはいつも晶くんがいて、私は不在だった。

それでも平日の時間は、私と悠の時間だった。毎日のお世話と、悠を病気にさせないように保った清潔と、ほしいものはなんでも買ってあげられるように稼いだお金。でもそれらは、

「いいママ」になるのには、必要のないものだったのだろうか。分からない。少なくとも四十歳の私は、それでは駄目だったのだと絶望していた。やれるだけやっても、チューリップは手に入らなかったから。

「ごめんね、晶くん」

謝っても、晶くんはなにも言わなかった。話し合っても意味がないと思ったのか、置いていた箸をとって、食事を再開する。部屋には晶くんの咀嚼音《そしやくおん》だけが響き、私はぎこちなく、その場に座っていた。

翌日は朝から気持ちが塞いでいた。

晶くんとは気まずいままだし、トークアプリにはどう返せばいいか分からない相川さんのメッセージが溜まっていた。

なんだかもう疲れてしまって、今までは勧められたウェブサイトで無添加食品ばかり買っていたけれど、気晴らしのために久々に近所のスーパーに来てみた。

外は曇り。悠の歩幅に合わせて歩きながら、平日午前の空いた店内をぐるりと回る。お菓子のコーナーで、悠が車の玩具を発見し、私に向かって、これ買って！　と差し出してくる姿がかわいくて、「よし、じゃあ買ってあげる」と宣言し、レジに並んだ。

問題は支払いのときに起こった。

いつも使っているクレジットカードを差し出し、店員が読み込ませていたら、ピーッと聞いたことのない音がした。

「あれ？　すみません。もう一度やってみますね」

なんだかいやな予感がした。店員がもう一度カードを機械に差し込むけれど、また、同じ音。

「お客様すみません。こちらのカード、お使いいただけないようです」

言われたことの意味が、一瞬分からなかった。

混乱したものの、「あ、じゃあ現金で！」と切り替えて、財布を開けた。入っているのは千円札が三枚だけ。悠の玩具の他に、自分用のおやつや飲み物を入れて、合計は千円ちょっと。無事に支払えてほっとしたものの、私は急いで家に帰り、届いたまま確認していなかった郵便物の山を漁った。

どうせ明細だろうと特に見なかった、クレジットカード会社からの封筒を見つけだし、急いで開ける。

書面を見た瞬間、全身から、勢いよく血の気がひいていくのが分かった。

それは、督促状だった。

どうしてこんなものが届いているのか、分からなくて混乱する。私が使っているクレジットカードの請求代金は、私のメインバンクから引き落とされている。

そこはいつも、わりとお金の余裕があったはず。

文面を読むと、二ヶ月前の支払いから滞っていた。慌てて、しばらく入っていなかった仕事部屋に駆け込み、パソコンの電源をつける。メインバンクにネットからログインすると、口座の残高が二千三百十円だった。

「嘘……」

私は青ざめながらこれまでの入出金明細を見た。マウスを握る指が、細かく震えていた。受け入れがたい現実が、迫ってこようとしている。

そして明細を見た私は、自分の勘違いにやっと気がついた。

――私は巻き戻ってきたんだった。それなのに金銭感覚が、戻る前のままだった。

四十歳のときの私は、それなりに売れている脚本家だった。だから、他のママよりもお金には余裕があった。

だがその金銭的余裕は、「今の私」にはない。

私の仕事は本来、これから好調になる。ドラマがヒットし、ブルーレイが売れて、配信も調子がよく、定期的に収入があるうえにそれはどんどん上がっていく。だけど「今の私」は、たいして売れていないどころか、とっくに仕事を辞めた脚本家だった。自分の作品で、ブルーレイ化したものなんて一つもない状態。ネットでの配信も、六年後は主流だけれど、今はまださほど定着していないサービス。

カード会社のサイトに飛び、自分がいくら使ったのか確認した。

時間が巻き戻ったと思って生活するなか、湯水のように使い倒したお金。悠のご機嫌をとるための玩具や不安に駆られて買ったベビーフードやレトルト食品。オーガニック食品の数々。

未払いの額が百五十万円ちょっと。それから、来月の支払いが三十万円ちょっとある。奈落に突き落とされるような心地がした。息があがる。どうしよう、どうしよう、どうしたらいい？

晶くんには言えない。言ったら軽蔑される。これ以上失望されたくない。

私は他に、お金を貯めている口座もない。収入のあてもまったくない。

震える指で、べつの銀行口座にアクセスした。それは、一応私が管理しているが、名義は晶くん。家族のために毎月こつこつ貯金をしている口座だ。晶くんが頑張って働いて得た給料から、私に毎月渡してくれる生活費と、貯金があった。受け取った私が、その口座に振り込んで、貯めてきたもの。

四百万ほど貯まっている家族の口座から、百八十五万円。

私は、自分の口座に送金した。


罪悪感と自己嫌悪で、心が真っ黒に塗りつぶされている。

外は雨が降り始め、私の心を映したように空は暗く、日の光一筋すら差し込んでいない。リビングに突っ伏している私の顔を、悠が時々小さな手でぺたぺたと触る。でもそれに、反応を返すこともできなかった。

どうしよう、どうしよう、どうやって、あのお金を返せばいい？

口座名義は晶くんだから、遅かれ早かれ百八十五万円を、私が自分の口座に移動したことはばれてしまう。

なんてことをしてしまったんだろう。私は床にうつぶせて、涙と嗚咽《おえつ》をこらえた。

自分がつくづくいやになる。今すぐ死んでしまいたい。お金がない。どうやってこの先暮らせばいいのか、考えただけで息が詰まる。

あの貯金で、私たちはもうすぐ、家を買うはずだったのに……。

そう思い出す。私たちは、私の仕事がヒットして、ちょっとまとまったお金が入ったのをきっかけに、「家を買おう」と相談しあった。「以前」はそうだった。

でも今は貯金も減り、私にも臨時の収入はない。

そうなると未来は変わり、もしかして、あの家が買えなくなるのかもしれない。

私の脳裏に浮かび上がるのは、静かなリビングだ。ソファに座って、七歳の悠がYouTubeを見ている。心から楽しそうに笑っている。学校の宿題をするときも、テレビの前のリビングテーブルでしていた悠。一生懸命、問題を解いていた横顔を覚えている。

私がソファに座っていると、自然と体を預けてきた悠。かわいくて、そんなときはいつも抱きしめた。

戸建てには小さな庭がついていて、よく小鳥がきた。

そこでバーベキューもしたし、夏にはプールも出して遊んだ。クリスマスシーズン、玄関先の木に、悠と一緒にイルミネーションライトを巻いた。夜の寝室では、寝る前に一緒に本を読んだり、カードゲームで遊んだりもした。悠は声をあげて笑っていた。家族の思い出が、あの家のあちこちにある。

「今」の、一歳の悠がいるのも忘れて、私は疲れからうとうとし、夢の中で七歳の悠に呼びかけていた。

——悠、悠。どこにいるの。会いたい。

十分ほどまどろんでいただろうか。不意になにか危険が迫っていることを本能的に察して、飛び起きていた。どうしてそれを感じたのか、分からない。

「悠！」

よくないことが起きた。直感で思った。

飛び起きて見えた光景に、ぞっとした。悠がテーブルから、床にピッチャーを倒していた。中の水がこぼれ、悠はそれを手につけて、口に含んでいるところだ。私は悠に飛びついてその手を口から離したが、悠は飲み込んでしまった。

アロマオイルの入った水を。

頭が真っ白になる。と同時に、悠の手の届く場所にピッチャーを置きっぱなしにしていた自分のうかつさを疑う。どうしてここに置いておいたの。危険があるのは分かっていたはず。

急いで悠を抱き上げて、状態をみる。一瞬は、大丈夫そうに見えた。けれど悠はその直後、風船が萎《しぼ》むみたいに力を失い、ぐったりとして、明らかに顔色をなくし、小さく痙攣《けいれん》し始めた。

なにかを考える余裕もなかった。床に転がっていたスマホを摑み、相川さんに電話をかける。

あっ、美汐さん、やっと連絡ついてよかった……と言っている相川さんの言葉を遮り、

「相川さん！　レモンのオイルの水、あれ、悠が口にしちゃったの！　痙攣してるんだけど、どうしたらいいのっ？」

叫ぶように訊いた私に、相川さんは信じられないくらいゆっくりと、そしてまるで夢の話でも聞いているかのように手応えのない声で、

『え？　あれは飲んでも大丈夫なオイルだから。悠くん、好転反応が出てるんじゃない？』

解毒できるねー、という声を途中に、私は電話を切っていた。

そんなわけないだろう、一体お前の、どこが「いいママ」なんだ？　とんでもない怒りが噴き出してくるのを、必死にこらえる。わなわなと震えながら救急車を呼び、痙攣する悠を病院に連れていき、処置してもらっている間――気が気じゃなく、悠が死んだらどうしようと怯えながら、私は激しく怒っていた。

安易な情報にすがるママたちに。

そしてそれ以上に、「いいママ」という称号ほしさに、同じことをした、私に対して。

「本当に少量だったので、命に別状はありません。でも精油は乳幼児にとっては死の危険もあるものなので、これからは注意してください」

医者の言葉を、私は力なく、はい、はい、と聞いている。

私はトマトを喉に詰まらせたときと同じ、近所の総合病院に悠とともに運び込まれた。医者は私を軽蔑しているかもしれないな、と頭の隅で思う。

悠は無事だった。今は点滴を打たれ、ベッドの上で眠っている。一晩、入院させることになった。明日の午後まで様子をみて、心配なさそうだったら家に帰れるという。

痙攣は起こしたけれど、それもすぐに落ち着き、他に症状は出なかった。

病室は大部屋だが、他に入院している子どもがいなかったので、一番廊下側のベッドに一人きりだ。悠の小さな細い腕に、点滴の針が刺さっていてかわいそうだった。それでも顔色は戻っていて安心した。

晶くんに連絡し、彼が到着するのを悠の隣に座って待つ間、スマホを使って「アロマオイル誤飲　乳幼児」で検索した。舐めただけでも命に危険があると書かれていた。

そのうえ、私が飲んでいたオイルも、本当は危険な使い方だと啓発するブログがあった。

相川さんが勧めてきたアロマオイルは、わりと有名なマルチ商法の商品だった。そうか。あの集まりは、相川さんが参加者に商品を買わせるための集まりだったのかもしれない。

私はトークアプリを開き、「ナチュラル子育て」のグループから退会した。相川さんからは相変わらずメッセージが届いているけれど、返事はせずにブロックする。

眠っている悠の顔を覗き込み、ごめんね、と囁いたとたん、あまりに自分が情けなく、存在そのものが恥ずかしくなってくる。

なにも上手くいっていない。それどころか戻ってきてから二回も、悠を病院に連れてくるようなことをしてしまった。

――ママは、悠を殺したかもしれないよね。

七歳の悠の首を絞めた。あのときと同じ。

「以前」はこんなことはなかった。悠は保育園で、子育てのプロにしっかりと守られていたから。

涙が溢れ、嗚咽がこぼれる。悠を起こさないように、私は廊下に出た。

誰もいない廊下で、一人顔を覆って泣いた。このまま、消えてしまいたかった。

「美汐ちゃん」

声をかけられたのは、しばらく経ってからだ。スーツ姿のまま走ってきたのか、息の荒い晶くんがいて、私は病室に案内した。

経緯は知らせてあったし、病状や医者の診断も伝えてある。晶くんは悠の顔を見て安心したように笑顔を見せた。

私はなんとなくその場に居づらくて、廊下に出た。

しばらく外で立っていると、晶くんが出てくる。

責められるだろうか。責められるに決まっている。私はぎゅっと片手をもう片手で摑んで、なにを言われてもすべて受け止めて謝ろうと、身構えた。

「……美汐ちゃん、今日はもう帰りなよ。悠には僕がついてるから。明日も一日休みとったし、家で待ってて」

責められるだろうと思っていたのに、晶くんは意外にも、ただ家で待っていろと言う。その声にも表情にも、心なしか張りがない。

「ごめんなさい、私が不注意だったから……」

小さな声で謝っても、晶くんはそれに対して、なにも言わなかった。ただ、少しの間沈黙したあと、「悠が退院して少ししたらさ」と切り出した。

「美汐ちゃん、しばらく一人になって……旅行とかしてきたら？」

「え……？」

なにを言われたのか、よく分からなかった。

晶くんは荷物を廊下のベンチに置き、ため息をつきながら腰を下ろす。肩を下げたその姿は、とても疲れているように見える。

「美汐ちゃん今、冷静じゃないと思う。今っていうか、急に保育園に行かせなくなった日から……なんか、おかしくなってると思うんだ」

だから一度一人になって、自分のことを見つめ直してみたら、と晶くんは続けた。

私はその言葉にどう答えていいか分からなくて、口をつぐんだ。二人の間に、沈黙が横たわる。

——おかしくなってる。

……そりゃあそうだよね。そう見えるよね。

実際におかしいこと、いっぱいしている。

けれどそう思う一方で、まるで心臓を一突きにされたように、心が引き裂かれる気がした。

一生懸命「いいママ」になろうとしている私は、変なんだ。

悠から離れて、一人になれと言われるくらい――。

「……私は、母親失格ってこと？」

訊くとき、唇が震えた。そうだよと言われたら、立ち直れないと分かっていた。

母親失格。その烙印を押されたら――私は、自分が壊れそうで怖かった。

晶くんは私のほうへ顔をあげて、面倒くさそうに眉根を寄せた。

「そういう話はしてないよ」

「そう言われてるのと、同じに感じる」

「そうじゃなくて……きみは、きみには、専業主婦より働くほうが合ってる。仕事しなよ、美汐ちゃん。きみが愛してるのは仕事で、仕事もきみを愛してる」

胸に沈み込んでくる言葉。

私は……仕事を愛している。そう、だけど、悠のことだって愛している。

四十歳の私が摑み上げた、悠の胸ぐら。その下の細い首。ママ、と呼んだかすれた声が蘇ってくる。

「じゃあ、家を買わない？」

なんの脈絡もなく、そう言った。

私たちのあの家。あの家が、今すぐにほしかった。

晶くんは私の言葉の意味が分からないように一瞬黙り込み、私の顔をまじまじと見たあと、「無理でしょ」と一蹴した。

「きみが働きたくないなら、それはそれでいいよ。でも、家は買えない。そんな余裕ないよ」

あっさりと拒まれた。

「以前」の人生では、このぐらいの時期から、家を買う相談を始めていたし、晶くんも乗り気だったのに。

「……買いたい家は決まってるの。だから」

「美汐ちゃん」

強い語調で、晶くんは私の説得を遮る。彼は立ち上がると、悠の病室に戻った。それから私のバッグを持ってきて、押しつけてくる。

「家に帰って。休んで」

もうこれ以上話は聞かないし、反論も許さない。そんな声音だった。晶くんは私に背を向けると、悠の病室に入っていき、静かに、けれどしっかりと扉を閉めた。

今までなにをしてきたのだろう？　私は。

時間が巻き戻り、もう一度子育てをやり直せると思った。

でもすぐに、思いどおりにはいかなくなった。仕事を辞めて、一日中悠と一緒に過ごした。

公園にも連れていったし、ここしばらくは食事にもこだわってみた。

ごく普通の母親が子どもに与えるものを、当然のように私も与えようとして、それは仕事さえ辞めればできることだと思っていた。

実際には、どれも失敗したのだ。

七歳に比べたらほんの赤ちゃんでしかない悠の小さな体は、今、病院のベッドの中。それもこの短い期間で、悠を危険にさらしたのは二度めだ。

——どうしたら、上手くいくのだろう。

病院から帰る道をふらふらと歩きながら、ずっと頭の中で問答していた。薄暗い絶望が、私の心を塗りつぶしている。ふと駅前で顔を上げたとき、高架を走っていく電車が見えた。

そのときの私は、なにも考えずに走り出し、駅の改札を抜けていた。

まだ取り戻せるかもしれない、どうにかなるかもしれない。そんな気持ちで。

自分が愚かなことをしている自覚はあるのに、それでも諦めきれなかった。

私たち家族が、「以前」家の内見をしたのは十月ごろだったけれど、買った家は春先には建っていて、見に行ったときには二十棟のうち十四棟の家に買い手がつき、既に住んでいる人たちもいた。

その町への行き方は覚えている。五年以上住んでいた場所だ。引っ越しの日は晴れ渡った美しい冬だった。

あのころ、転居したあとに入る保育園は決まっていたが、入園できるのが一週間先だったから、私は珍しく長い休みをとり、引っ越してから一週間は、荷解きをしながら、悠と二人きりの日々を過ごした。一日中悠と一緒にいたのは、八ヶ月で保育園に悠を預けてから、一年四ヶ月ぶりのことだった。

四十歳の私は――あの日々のことを、噛みしめるように時々思い返していた。幼い悠の手をひいて、まだ慣れない土地を散歩したこと。

庭で遊ぶ悠と、隣家のクヌギの枯葉を集めたこと。

幸福な日々だった。できることなら取り戻したいと思っていた。

電車を乗り換えて、あの町へ向かう。平日の昼間だから、車内に人は少ない。車窓には薄暗く曇った空が広がって見える。

四十分後、私は東京郊外の、建売住宅の販売地に立っていた。

「以前」の私たち家族が住んでいた家は、まっさらな、まだできたての状態で売られていた。

家のいくつかには、やはり既に人が住んでいるようで、駐車場に車がある。

「あの……四号棟を見たいんですが。内見させてもらえますか」

飛び込みで事務所の人にお願いして、内見させてもらう。

四号棟。私たちのものになる前、その家はそう呼ばれていた。

家の中に入ると、新築特有の木の匂いがする。

澄んだ空気の中、汚れ一つないクロスが眩しく、リビングには「以前」と同じように、いくつかの家具がコーディネートされていた。家を買ったあとは、その家具がもらえるのだ。

庭に面して置かれた白いソファは、見覚えのある懐かしいもの。

悠が小さなときからこの上で飛び跳ねていたので、私が四十歳になるころには、座面の中綿がぼろぼろになり、座り心地は最悪だった。それでも、このソファの上で何度も悠を抱っこした思い出がある。

「いかがでしたか？　もしよかったら、次は旦那様と一緒にいらしてください。他の棟も内見されなくていいですか？」

「あ、いえ、本当に四号棟が気になっていて……」

事務所に戻ると、丁寧にお茶を出される。

内見に来た理由を、私は広告を見て、特にあの家の間取りが気に入って、と説明しておいた。他の家を見るつもりはなかった。対応してくれた不動産の担当者は、「以前」の担当とは別の、もっと若い男性だった。

よければ記入していただけると、と言われて差し出された紙に、氏名や現住所などを書いていく。私は緊張しながら「あの……」と、担当者に問いかけた。

「とても気に入ったんですが……あのお家って、どのくらいの収入で買えるでしょうか」

若い男性担当者は少し思案したあと、

「よろしければ世帯収入と、頭金を教えていただけますか」

と訊いてくる。私は晶くんの収入額と、それからほぼ半分になった貯金のことを思い出して、

「頭金は、少ししか……」

と答えた。

担当者は一瞬難しい顔をした。

「あの一棟は、庭が広い分、少しお値段がしてしまいますから、他の棟をご検討されてはどうでしょう。一千万ほど下がる棟もあります。そちらのほうが審査に通りやすいかと……」

「以前」とは違う回答だった。立地条件がやや悪いのと、庭が狭いというだけで値段が下がる別の棟を勧められる。でも、それでは意味がない。

「以前」は、私のドラマが当たったおかげで、まとまった貯金ができた。

フリーランスの私の収入は晶くんの収入と比べてあてにされなかったものの、一応それなりにあったから、考慮された。

でも今回、頼りの貯金は崩れ、私の収入はない。

「……四号棟は、審査が通りにくいかと」

担当者が、言いにくそうに言う。

「あ、でも、絶対に無理というわけではないので、旦那様と相談してみてください。毎月のお支払い額を引き上げるというのであれば、通るかもしれません」

気落ちした私に向かって、担当者は慰めてくれる。でも、私はもう打つ手がないことを知っていた。なぜなら晶くんには家を買う気がない。それに家を買う話をしたら、貯金を使ったことを話さねばならない。私がどこかから百八十五万円を調達してきて、そっと貯金に戻せばなんとかなるけれど、でも、どうやってその金を稼ぐというのだろう?

噛ってしまいそうになる。私は仕事を辞めた。まだ再開できるけど、それならば悠との時間は諦めねばならず、巻き戻ってきた意味がなくなる。

絶望に包まれたまま、未練がましくもう一度だけ四号棟の外観を見に行く。

少し離れた場所から、懐かしいその姿を眺めていると、向かいの家の玄関先に人影があるのに気がついて、私はどきりとした。

そこにいたのは、朝倉さんだった。

悠の一学年下の、おそらくまだ一歳にもなっていない、上のお兄ちゃんを抱っこした朝倉さんが、玄関先に立っている。朝倉さんは片手だけで器用にシャボン玉を吹いた。

風に乗りふわふわと飛ぶシャボンの泡に、手を伸ばす我が子を、朝倉さんは幸せそうに、愛しそうに見ていた。

……ああ。朝倉さんも今はまだ、私と一緒。

一人っ子のママなんだ。

この二年半後、二人めの赤ちゃんが、さらに二年後に三人めの子が、朝倉さんに生まれるのを、私は知っている。

そうして朝倉さんは、私がなりたくてたまらなかった、ちゃんとした、子どものことを一番に考えられる、「いいママ」になる。

私は踵を返した。そして、いつの間にか早歩きになって、今の家へと急いでいた。

帰り着いた家には、誰もいなかった。晶くんは悠と一緒に病院にいる。

私は布団に身を投げ出して、着替えもせずにたった一つのことだけを考えていた。たった一つ、あの家を買えなくても、現状を変えられる方法があると思いついたから。


翌日の午後、悠は家に帰ってきた。元気そうな姿に、私は泣きながら安堵し、小さな体を抱きしめて何度も髪にキスして、ごめんね、ごめんねと繰り返した。

「なんともなさそうだって。よかったね」

晶くんは一晩病院にいたせいか、昨日よりも疲れて見えた。シャワーを浴びてくる、と言って風呂場へ向かった晶くんに、私は悠が、玩具に気をとられている隙をついて忍びより、「話があるの」と、彼の腕をとった。

脱衣所でスーツを脱ぎかけている晶くんが、やや困惑した顔で「今？」と振り返る。

今。いや、今じゃない。今じゃないほうがいい。

理性がそう叫んでも、私は焦っていた。すぐに言いたかった。どうしても、一刻も早く、現状を変えたかった。

知らず、晶くんの腕を握る手に力が入る。手のひらは汗ばみ、晶くんの皮膚の温度が、じわりと伝わってくる。

「私、二人めがほしいの」

言い切った。神経が高ぶり、興奮していく。頭の中に、狂いそうなほどの快楽物質が出ているのではないか。そう思うほど、この一瞬私は我を忘れていた。

「二人めがほしい。子作りして」

脱衣所の鏡には、上半身裸の晶くんと、その彼に取りすがり、髪を振り乱した女が映っている。すっぴんの顔の中、眼だけがぎらついた――それは私だった。

狭い空間に二人の息と汗がこもり、鏡は湿気で瞬く間に曇っていく。

そのとき、晶くんの瞳に、怯えと、困惑が走ったのを見た。彼は息を呑んだ。まるで、化け物でも見ているみたいに私を見ていた。

「なんで？」

晶くんが、やっと返してきた答えはそれだった。

「なんでほしいの？　今？」

――なんで。なんでって？

なんでってそんなの、二人めさえ生まれたら――。

私が人生の勝ち組に、逆転できるからよ！

瞬間、頭の中に雷撃のように走った一言に、私は眼を覚ました。

ぞっとした。自分の中にある、醜悪な欲望に気づいてしまった。私は体を震わせた。気が狂いそうになった。

頭を抱え込み、自分でも訳が分からず奇声をあげ、その場に座り込んで号泣していた。

――ああ！　ああ！　ああ！　私は！

私は自分の人生の中で、何者にもなれず……母親としても、脚本家としても半端で、誰にも、どの社会からも、決定的には、一番には選ばれなかったという失意の中で。

悠を使って逆転しようとしていたのか！

「いいママ」の称号を得て――私は……私は、自分に満足したかっただけだ。世間に認められたかっただけだ。そのために、二人めまで望んだ。まるで子どもを、自分の道具みたいに。

本当に今まで、気づいていなかったのか？　私の「やり直し」がおかしなことだったと。本当に心の中で、一ミリも気づいていなかったのか？

いや、心の片隅では、私は感じ取っていたはずだった。今度こそ理想の子育てをする。仕事への愛と情熱を捨てて、それらはすべて悠にだけ注ぐ。そう何度も自分に言い聞かせながらも、本当は心のどこかに、嘘があるのを感じていたはずだった。

私が悠に注いだものは、無償の愛などではなかった。

「いいママ」の称号を得るための、見返りを求める愛だった。私は私のしたいように、私がやりたい方法で悠を愛した。悠のためではなく、自分のために。

怒りが膨れ上がってくる。自分のために子どもを利用した自身の行為すべてが、不気味で、醜く思えてくる。醜悪で汚い。

慟哭《どうこく》する私に、晶くんは立ち尽くしている。悠はどうしているだろう。リビングで遊んでいるかな。でも私が泣いているのを聞きつけて、ここまでやってくるかもしれない。あの子に私のこんな姿を見せちゃいけない。ママが泣いていたら、きっとあの子がびっくりする。悠を傷つけたくない。泣くのをやめて、笑わないと。悠のために、悠のために――。

眼の前がぐらぐらと揺れていた。息をするのも忘れて唇を強く嚙みしめる。

そこで、意識が途絶えた。

まるでテレビの電源を落としたみたいに、突然。

途絶える瞬間、ちかちかと瞼の裏になにかが点滅し――泣きじゃくりながら、私の顔を覗き込んでいる七歳の悠が見えた。そんな気がした。

＊　＊　＊

――暗闇の中で、光が点滅している。

これは脳の信号だと、なぜだか分かる。

走馬灯のように、幼いころからの映像が脳裏を駆けていく。

……お母さん。と、私は呼んだみたいだ。

私がなりたかった「いいママ」って、本当のところ、どういうママ、のことを言うのだろう。

どうして私は――そんなにも、「いいママ」になりたかったのだろうか。

三十一歳の私、それから、もっと過去の私

急に下腹部が痛んで、私はシナリオを書いていた手を止めた。

トイレに駆け込んで便座に座ったとたん、股の間からどろりと血が出てきた。そのときは、しばらくきていなかった生理が急にきたのかと思った。

下着にナプキンをつけてから立ち上がる。便器の中に、赤い血の塊が見えた。大きめのレバーみたいな塊。生理のときにはたまに出てくる。だからなにも疑わずに水を流すレバーをひいた。ふと、いつもの血塊よりかなり大きい気がしたけれど――そう思ったときにはもう血の塊は流れていて、私は違和感に蓋をした。

三十一歳だった。ようやく脚本家としての活動を始めてまだ三年め。

結婚したばかりだったけれど、新婚生活を満喫するよりも、仕事をするのが楽しくて仕方がなかった。

トイレから仕事部屋に戻ると、まだずきずきする下腹部の痛みを和らげるために、市販の鎮痛剤を飲んだ。本来は二錠だけど、今日はこれから打ち合わせがある。急いでもう二錠追加で飲んだ。

かかってきた電話に飛びつくようにして出て、『お世話になっております』という逢坂さん

に、「お世話になっております！」と元気に返した。

ちゃんと電話がかかってきたことにほっとする。新しいドラマのシナリオで声がかかり、私は食い気味にその仕事を受けた。どうしてもとりたい仕事だ。プロデューサーには気に入られたい。

駆け出しの脚本家に世の中は冷たく、精魂込めたプロットを提出しても、なんの連絡もなくボツにされることもある。だからちゃんと電話があるだけでも、私には嬉しかった。

『先生の構成で概《おおむ》ねいけそうだなと思いまして』

「ほ、本当ですか？」

私が先日提出したプロットは、地上波で放映するドラマのスピンオフだ。本編の放映直後から、ネットチャンネルだけで配信する短編。局の試みとしては初めてのことらしく、本編の脚本家に選ばれない悔しさはあるものの、けっして小さくはない仕事だった。

『こちらでひとまず、本編のシナリオに合わせて進めてもらえますか』

「ありがとうございます！」

心の中で、ガッツポーズを決めた。

この仕事、とれた！　と思うと嬉しくてたまらなかった。

『先生、今はうち以外にも、仕事抱えてらっしゃるんですか？』

スケジュールの詰まり具合を知りたいのだろう、逢坂さんが訊いてくる。私の進捗がどの程度になるか、急なリテイクにどれくらい融通がきくか、そのあたりを事前に確認してくれる逢坂さんは、かなり親切なプロデューサーだと思う。横柄な人は、末端の脚本家の都合なんて気にせず、いきなり今日中に直して、と言ってきたりするから。

「そうですね、ラジオドラマを一本と、ネットの短編ドラマを一本……」

『じゃあお忙しいですよね』

「いえ！　私この仕事大好きなので。これでも少ないくらいです！　リテイクにもしっかり応じますので、気になることはなんでもご指導ください！」

絶対にこの仕事で成果を挙げて、スタッフからの心証もよくして、いずれ地上波のシナリオを任されたい。だから一生懸命、私はアピールする。逢坂さんは電話の向こうで、小さく笑っているようだった。

『よかったです。でも新婚さんなのに、申し訳ないですね』

「大丈夫ですよ、夫は理解がありますから」

それは本当にそうだった。私が徹夜して書いていて、朝ご飯一つ作ってあげられなくても、晶くんは「お疲れ様」としか言わない。晶くんは晶くんで一人部屋を持っていて、私たちは夫婦だけれど、互いに流れる空気感は仲の良い友だちのようだった。

『先生のとこは、お子さんとかまだ、考えてない感じですか。いえ、この前連続ドラマの最中に、脚本家の先生が妊娠なさったので……』

逢坂さんはそこで言葉を濁したけれど、なにが言いたいのか私には分かった。たぶん、その脚本家が妊娠したことで、シナリオが遅れに遅れたのだろう。

だから新婚で、三十一歳、そろそろ子どもをと望みそうな状況にある私の気持ちを、知りたいに違いない。

ふと、ついさっきトイレで流した血の塊のことが、頭をよぎった。どうしてなのか、あの血塊の像は、あまりにもくっきりと脳内に残っていた。

でもすぐに、私はそのことを思考から追い払う。

「子どもなんてまだ考えてませんよ〜、今は仕事が第一なので！」

明るく言った私に、逢坂さんは電話口で少しだけほっとしているように感じた。

電話を切ったあと、ほんの少しだけ妊娠、について考えた。いつなら、私は子どもを産めるだろう？

この先のことを考えると、年齢的には、それほど猶予がないだろう。晶くんは私より五つ年上だし、子どもが大学を出るくらいまでは働いてもらうとして――。

私はそこで、計算するのをやめた。とにかく、子どもを持つタイミングは今ではない。

そんなことより、ほしかった仕事を摑めたのだ。早速、逢坂さんから送られてきた本編シナリオのファイルを開きつつ、私は天に向かって祈った。

「神さまありがとうございます。この仕事が上手くいくように助けてください」

開いたファイルにかぶりつくようにして、読み込む。まだ初稿だという、粗の残ったシナリオから、私はスピンオフの内容を組み立てていった。

気がつくと、もう夜になっていた。集中して書いていたので、時が経つのを忘れていたようだ。

書いたものはお世辞にもいい出来ではなく、とりあえずの思いつきを並べただけ。

明日見直して、もっとよりよくしてから出そう。

そう決めて、夕飯を作ろうとキッチンへ向かうと、カウンターの奥で晶くんが料理してくれていた。

「あ、帰ってたの？　ごめんね、気づかずに」

「ううん。なんか忙しそうだったから声かけなかったんだ。お疲れ様。今日は僕が作るから、美汐ちゃん休んでなよ」

晶くんは結婚してからは、かなり早く帰ってきてくれるようになった。前みたいに残業してもいいんだよ、と私が言っても、早く美汐ちゃんに会いたいから、とむずがゆいことを言う。

家事にも協力的で、生活費も出してくれる。

結婚するまで、私は派遣社員としてOLをしながら脚本業をやっていた。今の私が会社を辞めて、シナリオに専念できるようになったのは、晶くんがそう勧めてくれたからだ。

——美汐ちゃんの夢を応援したい。生活面の費用はもつから、やりたいことだけやって。

晶くんの気持ちに報いるために、せめて家事くらいは頑張ろうと私もお弁当を作ったりはするのだけど、晶くんは私が忙しくしていると、夕飯を用意してくれたり、近所のスーパーでお惣菜を買ってきてくれたりする。

休んでと言われたので遠慮なくリビングのソファに座り、録り溜めておいたドラマを見ていると、キッチンからかぐわしい香りがしてきて、お腹がくるると鳴った。その匂いを嗅ぎながら、私はこのうえなく自分が幸福だと思った。

いい人と結婚して、温かい食事と安心して眠れる家がある。それに今日は、やりたかった仕事をもらえた。

この人生に満足して、私はソファの背に深く凭れかかった。

夢を見たのはその日の夜だ。

夢の中、私には赤ちゃんがいた。赤ちゃんは女の子のようで、ハイハイしながら、どうしてか私から離れて、暗闇の中へと進んでいく。

私は焦りながら、何度も赤ちゃんに呼びかける。

――ヨーコ、ヨーコ、そっちに行っちゃだめ。

――そっちに行っちゃだめ、ママのところに戻ってきて。

赤ちゃんは、私の声を聞かずに闇へと消えていった。

目が覚めたとき、まだ真夜中だった。身じろぎ、起き上がった私に、隣で寝ていた晶くんも起きてしまったらしく、

「……どしたの？」

と寝ぼけた声で訊いてきた。私は慌てて、「あ、なんでもないの。寝てて」と言って、布団から出る。キッチンで水を飲みながら、ついさっき見た夢を思い出した。

——なんでヨーコなのよ。

自分にとって縁もゆかりもない名前。変な夢だと思うのに、なぜだか忘れられない。ヨーコを追いかけていたときの、必死だった私の気持ちが、まだ胸に残っている。心臓がやけに逸っていて、痛い。得体の知れない恐怖が、うっすらと私の中にある。

「仕事しよ」

ぽつりと呟いた。目が冴えてしまったし、早く納品すればそれだけ、逢坂さんに気に入ってもらえるはず。

私は寝間着姿のまま、仕事部屋へと向かった。


初稿を納品したタイミングで、学生時代の友だちからメールが入った。いわく、つい先月出産したばかりの友だちに、仲良しグループのみんなで会いに行こうという誘いだった。

『美汐は忙しいから、美汐に合わせるよ！』

と、メールに書いてある。私がいつも仕事を優先するから、友人たちが私のスケジュールに合わせてくれる状態が、ここ数年続いていた。

今日は初稿をあげたばかりで気分がよく、『いつでも大丈夫』と返事した。

とんとん拍子に話が進み、週末に会いに行くことになった。出産祝いは、待ち合わせた駅のデパートで一緒に買おう、と算段がつく。

グループのうち、一番に出産した子に会えるので、みんな少しわくわくしている。その日を迎えた私も、久しぶりにお洒落をして外へ出た。

学生時代からの友だちグループは私を入れて六人。このうち二十八歳で結婚した奈美ちゃんのお宅を、今日は訪問する予定だ。

待ち合わせていた四人と合流すると、たちまちかしましいおしゃべりが始まる。プレゼントを選びながら、きゃあきゃあと盛り上がったり、大騒ぎで手土産のケーキを選んだり、合間に近況を報告したり。

奈美ちゃんのマンションに着いて、赤ちゃんと対面させてもらうと、お乳を飲んでぐっすり寝ているところだった。

「これねー、退院のとき撮った写真」

レースがいっぱいついたベビードレスを着た赤ちゃんの写真を、奈美ちゃんが見せてくれる。新生児の顔は私にはおさるさんに見えたけど、「かわいい〜」と言っておく。周りもそんな感じだ。

産前、細身だった奈美ちゃんは、今では少しふくよかになっていた。化粧はしていなくて、生地の柔らかそうなゆったりとしたワンピースを着ている。たぶん、マタニティ服だろう。

「みんなはいつ子ども、って考えてる？」

ひとしきり出産祝いの公開や写真の見せ合いが終わったあと、奈美ちゃんが訊いてくる。

赤ちゃんは隣の部屋で寝ていて、私たちは晴れた日差しがぽかぽかと入ってくる明るいリビングで円座になっていた。

六人グループはみんな既婚者だ。互いに顔を見合わせると、

「うちは今妊活中」

「私のとこは、来年って考えてるかなあ……」

それぞれの予定を発表していく。奈美ちゃんは、「早いほうがいいよー」とのんびり笑った。

「美汐は？　あんた忙しいからって、ゆっくりしてるとすぐ高齢出産になるよ」

グループの中でも口さがなくうるさい詩織が、私に答えを急かしてくる。私は苦笑いしながら、「いや、まあでも近いうちにって考えてはいるよ」と言う。

それは一応、嘘ではない。仕事第一だけれど、子どもは一人でいいからほしいと思っているし、年齢的にも数年以内に腰をあげなければいけない。

「あ、持ってきたケーキ。奈美、食べれる？」

「えー、食べる食べる」

話が一段落してから、詩織が思い出して立ち上がった。奈美ちゃんのマンションに着いたと

きに、ケーキはお願いして冷蔵庫に入れてもらっていた。

座っていた五人のうち二人がケーキを出す詩織を手伝おうと立ち、もう一人が「奈美ごめーん、お手洗い貸して」と廊下に出て行く。

自然と、私と奈美ちゃんの二人きりになった。

「美汐のドラマ、聴いたよ。面白かった」

奈美ちゃんがにこにこして、嬉しいことを言ってくれたので、私は照れて焦ってしまった。

「ええっ、ありがとう。ラジオで？　大変じゃなかった？」

「入院中暇だったから、旦那にラジオ持ってきてもらったんだ」

産後一週間の入院期間中、奈美ちゃんは案外時間を持て余していたと言う。けれど産婦のみんながそうではなく、同室の方は悪露《おろ》がたくさん出て辛そうだったとか、帝王切開のママは手術痕の痛みで夜もうなされていたとか、そんな話をまるで物語の中のことのように、現実味なく聞く。妊娠も出産も経験していない私には、想像に限界がある。

「実はね……」

そのとき奈美ちゃんが、声を小さくして言った。

「私、一回流産したの。……だから今回の妊娠も怖かったんだ」

言われた言葉に、どくりと心臓が鳴る。一瞬二の句がつげなかったけれど、なるべく普通に「そうだったんだ」と応じる。

本当は奈美ちゃんが流産したなんて知らなかったから、かなり驚いていた。

「誰にも言えなかったんだよね。でも、もう平気。今の子は元気に生まれてきてくれたから」

そっか、と私が返したところで、ケーキを載せた皿を、詩織たちが運んできてくれた。

「ちょっと、美汐も手伝えっての。あ、奈美は立たなくていいから」

「あ、ごめんごめん、手伝いまーす」

詩織に怒られた私は慌てて立ち上がる。ちらりと見た奈美ちゃんは、幸せそうに、のほほんと笑っていた。窓から差し込む日差しを受けて、奈美ちゃんのマタニティ服の繊維のあちこちに、光が溜まっている。子どもを産んだばかりの、とても幸福そうなママ。

私には、そんなふうにしか見えなかった。

帰り道、かしましい友人たちと別れて、一人で自宅まで電車を乗り継ぐ。駅からマンションまでの帰路、交差点の横断歩道の前で、信号が青になるのを待ちながら……ふと脳裏に浮かんだのは、トイレに流れていった赤い血塊のことだった。

じわじわと、胸の奥に痛みが広がっていく。罪悪感と、後悔と、でももう、どうしようもないという失望感。

忘れよう。確証もなかったのだし。

生理は二ヶ月きていなかった。あの血塊を流したあとも、しばらく出血はしたけれど、いつもの生理とは様子が違っていた。

でも、お腹に赤ちゃんがいるなんて、まるで思ったことがなかったし、今さらそれを確かめようもない。

だから……あれはきっと流産じゃない。

そう思うのに、胸に迫ってくるやりきれない感情はなんだろうか。

――あの子は、ヨーコだったのかな。私がトイレに流してしまった子は、女の子の赤ちゃんだったのかな。

もしそうなら、私は……我が子を死なせてしまったのだろうか。

ぼうっと迫りくる罪悪感。でも心の中には一抹の安堵もあった。

――あれが子どもなら、気づかないうちに死なせたのでよかった。

今は子どもはいらない。それに女の子なら、尚更。

私はたぶん、女の子を育てられない。

だからもしお腹に子どもがいたのだとしても、流れてよかったのだ――。

こんなふうに考える自分への嫌悪感はもちろんあった。罪悪感も、失望感も本物だった。

けれど女の子だったのなら、産みたくない。

その気持ちもどうしようもなく、私の本音だった。

私の中の、一番古い記憶を探してみる。

幼少期を過ごした港町の、のどかな道を母と手を繋ぎ、歩いている私はたぶん、二歳の終わり。私が三歳になったときには、弟が生まれていたけれど、この思い出の中の母は、弟を抱っこしていない。

この記憶は短く、ただ大好きな母と手を繋いで歩いている。それだけで終わっている。

きっと弟が生まれてくるまでに、母と私だけの、こんな時間が無数にあったに違いない。

でも私の頭の中には、ほんの一瞬の光景しか残されていない。

次に古い記憶は、フェリーの甲板から、埠頭に佇《たたず》む母を見ているもの。

二十歳で私を産んだ母は、そのときまだ二十三歳。若く、美しかった。ターコイズブルーの上品なコートを着て、私を見ている母が、甲板に立つ私に向かってなにか言っているけれど、なにも聞こえなかった。

三歳になったばかりの私は、一人でフェリーに乗っていた。きっと隣には船員さんがいてくれたが、そこは覚えていなくて、ただ胸に広がる果てしない淋しさと、悲しみを感じていた。

その感情が当時の私のものだったのか、後年回想をすることで思い込んだ、母への気持ちなのか、よく分からない。

三歳のとき、私は一度親元を離れた。生まれたばかりの弟が病気で入院していて、いつ治るのか、生きられるのかも分からなかった。父は仕事が忙しく、母は弟の看病があるために、私の面倒をみられない。

海を渡ったらすぐのところに、祖父母が住んでいたので、私はそこに預けられた。

母はのちのち、このときのことを思い出してこんな話をした。

「みいちゃんが」

母は私を、みいちゃんと呼ぶ。

「幸人《ゆきと》のことで困ってたら、『わたし、おばあちゃんちいく』って自分から言うたんよ」

初めてその話を聞いたときは、驚いた。

私はそんなふうに言ったことをまったく覚えていなかったし、フェリーに乗って祖父母の家に着いたとき、自分は捨てられたのかもしれないと思っていた。

弟である幸人の病気が治り、再び両親の元へ戻れるまでの半年間、ずっと心のどこかで怯えていた。ある日急に母から、もう私は、みいちゃんのママじゃないのよと言われるかもしれないと。

祖父母が冗談で「うちの子になる?」と言うたびに怖くてたまらず、大きく頭を横に振っていた。もし一度でも、「うん」と頷いたら、本当にそうなると思い込んでいた。

母からたまに電話がかかってきても、毎回電話口で泣くことしかできなかった。だって話をしようとしたら、「おうちに帰りたい」しか出てこなくて、でも帰れないのは分かっていて、なにも言えなかったのだ。

預けている娘が、わんわんと泣き続けるだけの電話は、母にとっても苦痛だっただろう。

でも大人になり、私がずっと泣いていたという話をしても、母はあまり取り合わなかった。

もっと他の記憶、もっと他の思い出が、彼女の心の中を占めているようだった。

「私はあのとき、毎日祈っとった。みいちゃんと幸人のこと、毎日毎日祈っとった」

心の拠所《よりどころ》のない日々を、母はいつもそう振り返っていて、私のあのときの淋しさについて汲《く》み上げることはなかった。

三十二歳で妊娠して、お腹の子どもの性別が男の子だと知ったとき、私は安堵した。

——よかった。男の子なら、私にも育てられる。

私には、女の子を育てる自信がなかった。それは単純に、私と母の関係が複雑だったせいだ。

私は母に、愛されているのか分からないまま成長した。

その原因は、どこにあったのだろう。

弟の幸人が病気で、祖父母の家に預けられていたとき、捨てられたと思っていたから？

私は一度でいいから、母に、あのときは一人ぼっちにさせてごめんねと謝ってほしい、本当はそばにいたかったと言ってほしい、そう思っていたけれど、母から出てくる言葉は「みいちゃんが自分から行くって言うた」という言葉だった。そして私は常に、その母の記憶は本当だろうかと疑っていた。

母は私を愛してなくて、便利な道具くらいに思っているのじゃないか、いつのころからか、私はそう考えるようになった。

でもどうしてそんなふうに思っていたのか、探ろうとするとたんに思考の迷路へ迷い込む。

三歳のとき、捨てられたと思ったから？

病気が治ったあとも、なにかあると寝込む幸人を、母が常に優先したから？

それとも三歳以降、抱っこをしてもらった記憶が、たったの二度しかないから？

小さなころ、私は母に抱っこしてとせがめなかった。きっと断られると思って、怖かった。

だから八歳で風邪をひいたときと、九歳で同級生に苛められたときに、母が私を抱き上げてくれて驚いた。少しでも長く抱っこしていてほしくて、ぎゅっと体を縮めて、母の迷惑にならないようにしていたのを、今でも覚えている。

愛されていないと感じていた原因は、他にも思いつく。

たとえば病気の私を置いて、母が遊びに出かけたこと。

子どものころ、熱を出しても、母は私の枕元に水分だけ用意して出かけていった。布団の中でぐったりと息を吐きながら、前に風邪をひいたとき、一度だけしてくれたように、抱き上げてほしいと思っていた。

「みいちゃんを産んでいなかったら、ママはもっと自由だった」と言われたことも覚えている。

成長期になっても、ブラジャーを買ってもらえず、見かねた父が母に買うように言うと、母が私を憎むような眼をしたこともある。

生理がきたと告げると怒り、ナプキンくらい自分で買えと、罵倒された記憶もある。

男友だちと少し遊んだだけで、将来は複数の男の間を渡り歩くような、ふしだらな女になると言われたのもショックだった。

——それから、それから他にはなにがあるだろう。

私は、母が私の心を頻繁に傷つけてくるのを知っていた。

母は怒りっぽく、鋭い一言で、私をぐさりと刺してきた。私がよかれと思って行動したことで、母の怒りに触れることも多かった。でも常に同じことで怒られるわけではなくて、日によって母の怒る基準が変わるから、私はいつも今日は大丈夫だろうかと怯えていた。

大人になってからは、機嫌を窺うなんて無意味なことだと気がついた。

母はそもそも怒りたいときに怒っていて、体の弱かった幸人にそれをぶつけるわけにはいかないから、私がなにかしら失言（ぽいもの）や失態（ぽいもの）を犯すのを待っていたのだ。それらしい理由付けのできるなにかがあれば、ここぞとばかりに怒って八つ当たりし、マンションの玄関から私を締め出して、一時間でも二時間でも、放っておいた。

そうなると、私はマンションの階段の踊り場で、仕事の忙しい父が帰ってきてくれるのをひたすら待っていた。父と一緒なら、母からはなにも言われずに家に戻れるから。

だけど父が帰ってこない日は、夜が更けて不安になるころ、ドアを叩いて泣きながら、ごめんなさい、ごめんなさいと謝って入れてもらった。

母の行為は、虐待だったのだろうか？

時々考えるけれど、もっとひどい暴力を受けた人もいると思うと、自分が虐待を受けていたのか、はっきりと確信がない。

家には、食べ物がないこともよくあった。弟の分はあった。私は小さなころ、体質的に胃が弱くてよく食事を残した。

母はそれが気に入らなくて、私が中学生くらいになると、食卓になにも出なくなった。勝手に食べろと言い放たれた。私は冷蔵庫を漁って、食べられるものを食べていた。

あれは、虐待だったろうか。

分からない。作ったものをまともに食べてくれない子どもに、失望する気持ちはよく分かる。ちゃんと食べてくれる弟にだけ、料理を作っておくというのも仕方がなかったのかもしれない。

もう一つ私の心に引っかかっているのは、高校生のころに、母が浮気をしていたことだ。

不倫とは言いたくない。浮気だったと思いたい。そのほうがまだ、気の迷いにしておける。

なぜ私がそれを知っていたかと言うと、母が私にだけ、浮気のことを伝えてきたからだ。

「みいちゃん、ママ今、好きな人おるんよ」

唐突に突きつけられた言葉に、啞然とした。私はまだ十五歳で、母の告白を受け止めて処理できるほどの精神力はなかった。

告げられた翌日、朝早く登校した学校で、耐えきれずに机に突っ伏し、声をあげて泣いた。まだ誰も来ていない無人の教室だった。当時の私にはそこしか、泣ける場所がなかった。

でも私が母のことを、責めなかったからだろう。母は私が母の浮気を、許容したと思い込んでいた。

あるとき母は、私と弟の幸人を居酒屋へ連れていき、浮気相手と引き合わせた。

「永田さんよ。ようしてくれるんよ。あんたたちにお小遣いもくれるって」

引き合わされた浮気相手は、人のよさそうな、冴えないおじさんだった。

はっきり言って、父のほうがハンサムだった。それなのに母はどこかうっとりとした表情で、彼を見つめていた。その顔がひどくだらしなく見えて、私は嫌悪感を覚えた。

永田さんが、にこにこしながら私と幸人へお小遣いだよ、と封筒を出してきたら、母はそれをさっとかすめ取って自分のバッグに入れた。

――これ以上、私を失望させないでよ。お母さん。

あのとき、そう思った。

私は頭がどうにかなりそうなほど辛くて、苦しくて、怒っていて、頼んだメニューもこないうちに居酒屋を飛び出した。弟の幸人の腕もむんずと摑み、無理やりに連れ出した。

夜更けの街を、家まで徒歩で三十分の距離を歩きながら、私は怒り狂っていた。一番許せなかったことは、浮気相手との逢瀬に私だけならともかく、幸人を巻き込んだことだった。

――私は違っても、幸人はあんたの宝物でしょ！　なのにどうして。

母の、母親の部分が幸人にまで機能しなくなったのかと呆れ果て、がっかりしていた。

三つ下の弟は、相手が母の浮気相手だなんて知らなかった。ただいつもなら考えられないくらい不躾で無礼な私の態度に不安を覚えていて、

「お姉ちゃん、なんで急に帰るって言うたん」

と何度か私に訊いた。私はただむっつりと、「お腹が痛くなったけん」と下手な嘘をついた。

私が飛び出しても、浮気相手を置いてまでは追いかけてこなかった母に、すっかり失望して

いた。

幸人はしばらく黙って歩いたあと、「うちって、ええ家族よね？」と不安そうに訊いてきた。弟なりに、なにか感じていたのだろうか。一歩間違えれば家族がばらばらに、壊れそうな雰囲気を。

私は答えられなかった。いい家族だよ、とすぐに返してあげられないことが、申し訳なかった。姉としては、嘘でも「そうだよ」と肯定してあげたかった。幸人には、母の不貞を知ってほしくもなかった。

弟はそれ以上はなにも訊いてこずに、暗い話題は避けて、まるで関係のない友だちやゲームの話を始めた。互いに不安な気持ちのまま、どうでもいい会話を続けて、家まで帰ったのを覚えている。

でもこの一件で――私は私なりに、母へ抗議したつもりだった。私はいい子で優等生だったから、初対面の男の人と会ってすぐに、勝手に帰るような失礼な子どもではなかった。だから少しくらい、私の怒りを分かってもらえると思っていた。

なのに、母はいともたやすく私の気持ちを無視した。

翌々日、母は私と出かける約束をしていた日に、浮気相手と会うことになった、と出かけていった。

鏡の前でめかしこむ母を見ながら、まだ十五歳だった私は愕然として、ひどい怒りとショックに襲われていた。

——お母さんは、私より、その人を選ぶの？

そう訊きたかった。どうして、どうして娘の私より、赤の他人の男なんか愛するのよ。

その日の私との約束は、学校行事で必要なものを買いに行くだけのもの。母は私にお金を渡して、自分で買っておいでと見放した。

べつに、私一人でも買いに行くのは簡単だった。ただ私との約束を反故《ほご》にして、男と会うのが許せなかった。

本当のところ、私は単に、「私のほうを選んでよ！」と言いたかったのだと思う。その夜、言いたいことを全部手紙に吐き出して、自室の机の上に置き、私は初めての家出をした。

父は仕事から帰ってきていなくて、中学生の弟はリビングでテレビを見て笑っていた。

あれは夏休み前の、六月ごろのことだった。

昼から晴れていた夜空は明るく、私は最低限の荷物を抱えたまま、バス停の前でバスが来るのを待っていた。行くあては特になかった。とりあえず一番近場の繁華街に出たら、友だちに電話をかけてみよう。その程度の杜撰《ずさん》な計画だった。

心臓は、ばくばくと音をたてて鳴っていた。まだ十五歳の私は傷を負って追い詰められた獣みたいに緊張していた。全身から、棘のようなものが隙間なく突き出している気がした。

あの分厚い、母への恨みつらみ、浮気への罵詈雑言《ばりぞうごん》を書いた手紙を、もしも父のほうが先に見てしまったら？

勢いだけで出てきたものの、そんなことを考えると怖くなった。

父を傷つけてしまうのは本意ではない。

でも、万が一。万が一、母が読んで改心してくれたら。

――みいちゃんごめんね、ママはみいちゃんのことが大事よ。

そう言ってくれたら。

それに父が見ても、それはそれでいいかもしれないと、やけくそな気持ちもあった。あれは告発なのだから、すべてばれて母が困ればいいのだ。

とはいえ、私はそれまでに家出などという大それたことはしたことのない優等生だった。反抗期すらまともにないほどに、真面目に従順に生きていた。

私はずっと努力していたと思う。母が怒るから、母がどうせお前はこんなふうになると呪うから、それならそうならないように生きていけば、いつか母は私を自慢の娘に思ってくれるかもしれない。認めてくれるかもしれないと思って、母が望む娘になろうとしてきた。

母が私に望んだのは従順さと優秀さだった。私は勉強をして、県内で一番頭のいい高校へ進んだ。そんな娘を育てたことを母は周りから褒められて鼻を高くしていた。

それなのに家出なんてしてしまったから、私はきっと母にとっての問題児になる。

だとしても譲れなかった。

――今回はお母さんが悪い。お母さんは、あんな男より私を選ばなければならないのに！

そう思っていたから。

だけど待っていたバスが、いつまで経っても来なかった。三十分待っても、一時間待っても夜道は暗いままで、見つめる闇の向こうから、バスのヘッドライトがちらつくことはなかった。

やがて、バス停後ろのコンビニから店員が出てきて、「あのね、今日のバス、ストで休みみたいよ」と声をかけてくれたとき、それまで張りつめていたものが空気の抜けた風船みたいにしゅうっと萎んでいくのを感じた。

片田舎のバス会社は経営不振で、時折従業員によるストがあり、バスの止まる日があった。

よりにもよって今日、家出しようとしたまさにその日に限ってストがあったなんて、自分が滑稽に思えた。

もう家出する勇気も、告発する勇気もなくなって、とぼとぼと家路についた。

もしかしたら誰かに手紙を読まれたかもと思っていたが、おずおずと入った家の中は、一時間前に出て行ったときと変わらず、弟はテレビを見て笑っているし、父は帰っていないし、母も戻っていなかった。

自室の机の上には、開けた形跡のない封筒がぽつんと置かれたままになっていた。

恨み言の詰まったその手紙を、私は机の引き出しの、奥深くにしまい込んだ。

幸いにも、母の浮気は長く続かずに終わった。でもそのころ、「もし離婚したら、みいちゃんはママについてきてくれる？」と問われて、「お父さんといる」と答えた私のことを、母は長らく「裏切者」と呼んで恨んでいた。

「みいちゃんだけは、ママについてきてくれると思ったのに。裏切られた気分じゃったわ」

恨めしげに言われるたび、私は心の中で反論した。

――お母さん、私はね、なにもかも全部バラして家出して、あなたの過ちをおおごとにしようとしたのよ。でもしなかったの。

――私は十分、あなたに忠実なしもべだったと思うわ。

そう考えるときは、いつも虚しかった。

小さかったころ、私は母をママと呼んでいた。

でも物心がついたころ、お母さんと呼ぶね、と母に宣言した。

そのころから、世の中の母親というものが、自分のママとは違うように見え始めていた。学校のお友だちの家に遊びに行ったりして、他のお家のお母さんたちを知るようになったからだ。なかでも親友だったみゆちゃんの、内職をしながら穏やかに静かに暮らしているお母さんが理想的に思えて、憧れた。

同じころ、テレビでちらりと聞いた「良妻賢母」という言葉が妙に耳に残った。みゆちゃんのお母さんは、良妻賢母だろうな、と考えた。

――ああ……うちのママもりょうさいけんぼだったらな。そしたら、私のことも、もっと大事にしてくれるかもしれない。

幼いころに抱いた浅はかな望みだった。でもそのころから、私は母をお母さんと呼ぶようにした。みゆちゃんが母親を、お母さんと呼んでいたから。

さほどの他意はなく、私はただ私のことを一番に愛してくれる「お母さん」がほしかった。

――ママは二十歳でみぃちゃんを産んじゃったから、したいことができないの。

まだ八歳かそこらの私に、母はよくそうこぼしていた。

――お母さんは、私を産んで後悔してるの？

訊きたくても、幼すぎて言葉にできなかった。

私は長年放っておかれ、誕生日を忘れられたこともあるし、参観日を忘れられたこともある。あれは、ネグレクトというものだったのではないか。

たまにそう考えるが、そこまでひどくなかった、と思うこともある。

それにたった二十歳で私を産んだ母は、若すぎて、周りの友だちがみんな夜更かしして遊んでいたころに、一人取り残されたように感じていたのだと思う。

その後東京の大学へ進学して、私は実家を離れた。

母との距離ができて、私はようやく一息つけるようになった。

もともと私は、母を憎んでいたわけではない。私を傷つける母にも、優しいところがあった。母が私にしたことも、すべてを水に流せるほどに、解放された。

頼もしいときもあった。

九歳のとき。私が学校で隣の席の男の子に苛められて泣いていたら、膝の上に抱いてくれた。

「大丈夫。ママが助けるから」と約束してくれた。事実母は学校へ単身乗り込み、校門前でくだんの男子をとっ捕まえると、「美汐ちゃんを苛めたらアンタを殺してやる」と脅したらしい。

翌日から、苛めはぴたりとやんだ。

学校の長期休暇になると、母は私に弟と祖父母の家へ行くよう命じるので、私は六歳から十八歳まで弟の世話をする役目を守った。

でも、一ヶ月以上を祖父母の元で過ごしてから帰ってくると、港に迎えに来てくれた母は本当に嬉しそうな笑みで、私たちのほうへと駆け寄ってきた。その表情に、いつも心を摑まれた。お母さんは、私をちゃんと愛してくれている。そう、感じられる瞬間だった。

そんないくつかの優しい記憶さえあれば、私は何度でも母を許せた。

私は母を、心から愛していたから。

けれど二十二歳を過ぎたころ、長年誤魔化して蓋をしてきた心の傷が、一気に開くできごとがあった。

当時の私は大学を卒業したあと、大手の会社に就職し、経理事務として働いていた。脚本家になりたいと思っていたけれど、まだ躊躇っていて、誰にも夢を明かしていなかった。

片田舎から東京に出て、誰もが名前を聞いたことのある大手企業に入る人は稀《まれ》だったので、帰省すると親戚や近所の人たちに私は褒めそやされ、持てはやされていた。

そんな帰省中のあるとき、叔母が遊びにきて、母と私と三人でお酒を飲んだ。酔った叔母はなにげなく言った。

「美汐ちゃんはほんとにえらいのにねえ。美汐ちゃんのママは、美汐ちゃんのこと、普段全然しゃべらないし、褒めないんよ。弟の幸人のことは褒めるのに。私に美汐ちゃんみたいな娘がおったら、きっと自慢しまくるわ」

叔母は私を喜ばせたくて、言ったのだと思う。

だけど私は聞いたとたんに息が止まり、目の前が真っ暗になって、とどめを刺された気分だった。

——あ、そうなんだ。

——お母さんは、今でも私に興味がないのね。

——私のことはやっぱり、絶対に褒めないのね。

——お母さんは私がなにをしても、私を認めることはないんだ。

日常のなにげない、特別でもなんでもないその日に、いとも呆気なくはっきりと、長い間解けなかった真実が、分かってしまった。

私は心のどこかでずっと、淡い期待を抱いていた。私の前では私を認めてくれていない母でも、裏では私に関心を持ってくれていると。けれどそれさえも、なかったのだと知った。

その瞬間、私は二十二年間の、母への期待を諦めた。

私は母が望む大学へ入った。就職先も母が期待するとおりだった。母の嫌がることはなるべくしないよう生きてきたし、弟の面倒も命じられるままにみた。小学生のときから家事を手伝っていたし、唯一の反抗はあの家出だけ。その反抗すら、母は知らない。

——私はお母さんに認めてほしかったから、脚本家なんて夢を見ずに、堅実に生きようと思っていたのに。

もう関係ないな、とそのときに吹っ切れた。

この先なにを捧げても、私が母を愛するほどには、母は私を愛さない。母が私を手放しで褒め、認めてくれる日なんて、一生こない。

帰省先から東京に戻ったあと、私は度々母からの電話を無視するようになった。どうせ出ても、愚痴を聞かされるだけだ。母にとっての私は、都合よく返事をしてくれる便利な存在というだけで、人に自慢し、大切にしたい宝物ではなかった。

私は少しずつ母から距離を置いていった。

働きながら、シナリオライター養成学校の夜間部に通い、コンテストに投稿する作品を作り始めた。

自由に生きてやる。好きに、やりたいようにやってやる。

遅れてきた反抗期のように、そう思っていた。

コンテストにぼちぼち作品が入選するようになったころ、勤めていた大手企業を辞めて、残業のない派遣社員になった。給料は安く、月五万で借りられる古いアパートに引っ越して、切り詰めた生活をしながらデビューに向けて努力した。

そこから脚本家としてデビューを果たし、晶くんと婚約するまでの間、私は実家とは疎遠だった。

あのころの私は、もう二度と母との関係は改善しない。そう思っていた。

ところが、急にそれが変わった。脚本家として小さなコンテストに入賞した直後に、晶くんと婚約し、両家へ挨拶に行くことになり、さすがの私も母と連絡をとらないわけにはいかなくなった。

最初に私から電話をしたとき、なんの相談もなく勝手に結婚するのかと責められるのではないか。そう身構えていたが、それは杞憂に終わった。

『みぃちゃん、結婚するん？　おめでとう、いい人に出会えたんじゃね』

結婚したい人がいる。そう伝えた私に、母は驚くほど優しかった。

気まぐれかと思い、しばらくの間私は警戒していたが、それから何度か連絡を重ねても、母は穏やかだった。数回目の電話で、不意にこんなことを聞いた。

『ママねえ、生理が終わったんよ。更年期もあったけどもうほとんど元気なんじゃわ』

そのときは、そうなん、と聞き流した。

母は私に、みぃちゃん、顔合わせ前に一度帰っておいで。飛行機とってあげるから、と言ってくれた。

おそるおそる帰ってみても、意地の悪いことは一度もされなかった。中学生、高校生のころにほしくてたまらなかった手料理を、毎日作ってくれた。それどころか、

「昔、ご飯作ってあげられんかったたん、ごめんね」

と謝られて、私はまごついた。母が私にした仕打ちを覚えていたことにも、謝罪してくれたことにも、驚きしかなかった。

母は私と散歩に出かけたり、温泉に行ったり、デパートで一緒に服を買うのを楽しんでいた。

私たちは二人で映画を見、美味しいレストランで食事し、たまたま見かけたかわいい雑貨屋でお揃いのアクセサリーを買ったりした。

それはまるで、普通の母と娘みたいな日々だった。

よく考えると恐ろしいことだが――でも、恐ろしいことにしたくなくて、眼をつむったけれど――母は、生理がなくなったから、私のほしかった「お母さん」になってくれたのだろうか。

母が私を傷つけ、無視し、罵倒した日々と生理が、どう関係していたのだろう？

私が出産するときも、私と母の関係はとても良好だった。

里帰り出産した私の育児を、母は率先して手伝ってくれた。

そのころ、弟の幸人は私より先に家庭を構えていて、母にとっての初孫となる甥っ子は三歳だった。甥っ子の淳くんは、利発で優しい子で、面白いことをたくさんしゃべる。私も大好きで、会うたびに可愛がっていた。母は初孫の淳くんを溺愛していたから、私は里帰りして産んだ悠のことも、母が淳くんにするように愛してくれるだろうと、当然のように信じていた。

産後二ヶ月で東京に戻っていた私だが、悠の首が据わった五ヶ月ごろ、再び帰省して両親に我が子を抱かせた。

三ヶ月ぶりの悠との再会を両親は喜んでくれた。父と母と私と悠。リビングに四人集まって、

「大きくなったね」

「もう寝返りする？」

そんな他愛のない会話をした。

ほのぼのした、優しさに満ちた時間がこの先もきっと続くと信じていたあの日——母は、抱っこした悠をまじまじと見ながら、本当になにげなく言ったのだ。

「悠くんは、幸人のとこの子ほどは、ええ子に育たんじゃろうね」

頭から、冷や水をぶちまけられた気がした。

一瞬、言われたことが分からないほどだった。

そして数秒後、私はかつて味わった絶望と同じものを感じていた。

——なんだ。今度は私じゃなく、悠に対して「それ」をやるのね。

暗い怒りに胸を襲われた。悠の耳に、母の汚い言葉が届いていたらどうしようと思った。まだ物心がつく前でよかった。でももし、これからもこんなひどい言葉を理不尽に、母が悠に投げつけてきたらどうしよう？　私のいないところで話されても、私には分からないだろう。私が母の言葉に傷ついても、誰にも言わずに胸に秘めたように、悠もきっとそうする。

激しい怒りに、目の前が真っ赤になるような感覚があった。

私にされるより、悠にされることのほうが、何百倍も何千倍も許せなかった。

母は変わったのだと思っていた。母は私がずっとほしかった、「お母さん」になったのだと思っていた。

でも違った。

きっとこの先、何度でもこんな場面はある。

母は私に投げつけた言葉を今度は悠に投げつけ、私を傷つけた無関心で今度は悠を傷つけ、私に求めた従順を今度は悠に求めるかもしれない。

たまらなくいやだった。いっそ絶縁してやりたい。

もし、もう一度母が悠に同じことをしたら、その場で縁を切ろう。そう決めて、私は東京に帰った。

けれど、それから十ヶ月後の五月。

母は脳出血で、あっさりとこの世を去った。

母が倒れたと報され、一歳三ヶ月の悠を抱いて飛行機に飛び乗った私は、着の身着のままで母の入院する病院へ駆け付けた。

母はＩＣＵにいた。麻酔をかけられた手術後の母が、様々な管をつけられて眠っていた。

「お母さん」

ベッドの脇で思わず呼びかけた私の声に対して、意識がないはずの母は突然むくりと起き上がり、ゾンビのように私のほうへ両手を向けて、暴れた。

医者とナースが三人がかりでそれを押さえ込んだ。動くと、手術をした頭の中に血が溢れるからと。

父は、「お前が声をかけたから、動いたんじゃろなあ」と言ったけれど、私は死人のように横たわっている母が、この世に未練のある亡者のように大きく動いたその光景に愕然としていて、なにも答えられなかった。

母の術後経過は悪く、二度と意識を取り戻さなかった。そうして、麻酔で眠ったまま死んでしまった。

通夜と葬式を終えて、母は骨になった。

母の死のあまりの早さについていけず、私はどこかぼんやりとしながら骨を拾い終えた。そんな最中、私はこう思っていた。

――お母さんが、死んでくれてよかった。

悠を傷つける前に、死んでくれてよかった。

私が本当に恨む前に、私が本当に離れてしまう前に、お母さんが死んでくれてよかった。

火葬場の外へ出ると、空はよく晴れていた。

六年前の五月。初夏の風は爽やかで、眼に映る新緑はみずみずしく広がっていた。

＊　＊　＊

――暗闇の中で、光が点滅し、それはやがて映像となる。私の脳裏へ、まるで映画のワンシーンを切り取ったみたいに、過去の記憶が流れこんでくる。

三十三歳の私がいる。

クッションマットの上に座って、差し込む日差しを斜めに受けながら、ぼんやりと窓の外を眺めている。その顔は疲れきり、瞳は物欲しげで、この世の不幸を一身に背負ったかのよう。こんなところは私の居場所じゃない。外に出たいと、その表情が訴えている。

働きたい、働きたい。自由になりたい。

足元ではやっとお座りができるようになった八ヶ月めの悠が、玩具で遊んでいるけれど、私はそちらを全然見ない。悠の存在すら忘れたように、物思いにふけっている。私は悠に無関心だ。

これは、ネグレクトだろうか。

でも、そのときだった。

悠が玩具に飽きて、私を振り向き膝の上に這いずってきた。私はようやく、悠に気がついて顔を向ける。

とたんに、私の顔にはとろけるような笑みが広がった。さっきまで背負っていた不幸はどこへ行ったのか、私は悠を抱き上げて、ふわふわの産毛に鼻を寄せると、その小さな体を揺らし、幸福そうに、嬉しそうに、悠の名前を呼んだ。

＊　＊　＊

映像が切り替わる。

暗い冬の夜、保育園からの帰り道、一歳十ヶ月の悠と私が、道の半ばで立ち止まっている。

空からは雨がぱらつき、私は立っている悠の前にしゃがみこんで、切迫した顔で何度も同じことを繰り返している。

――悠、お願いだからベビーカーに乗って。雨に濡れて、風邪ひいちゃうでしょ。

悠はイヤイヤと、舌足らずの声で主張し、抱っこがいいと両手をあげる。

でも重たい荷物の載ったベビーカーを片手で押しながら、悠を抱っこし、さらにもう片手で傘をさして歩くなんて、とてもできないと私は悠に説明している。どうしてもベビーカーに乗らない悠に、ついに私の我慢の緒が切れた。

私は幼い悠の体をぐらぐらと揺さぶって、

「なんでママの言うことときけないの！」

と、怒鳴っていた。

まだ二歳にもならない子ども。ほとんど赤ちゃんを相手に、怒鳴って体を揺さぶるなんて。

これは暴力なのか？

怒鳴られた悠が、びっくりして号泣しだす。

それなのに悠は、怒鳴った当の本人である私に、助けを求めてしがみついてくる。ひどいことをしたのは私なのに、悠が頼れるのも私だけ。悠には今、私しかいない。

映像の中の私は、我に返って青ざめると、咄嗟に悠を抱きしめて「ごめんね、ごめんね」「大きい声でびっくりしたね」と繰り返した。

自分の愚かさを悔いるように、私の眼からも涙が溢れている。

やがて私は意を決したように立ち上がると、自分の上着を広げ、その中に悠をしまいこむようにして抱いて、重たい荷物を肩にかけ、ベビーカーは道の隅、通行の邪魔にならない場所に置き去りにして家まで走りだす。悠が寝たら、取りにきます、どうか少しだけここにベビーカーを置かせてくださいと呟きながら——雨の中を、我が子がなるべく濡れないように、前屈みになって走っていく。

＊＊＊

次に見えたのは、華やかなホテルでのパーティの場面だった。

芸能人やテレビ関係者が会場いっぱいにいる。逢坂さんと組んで仕事をやり始め、やっと一つヒット作を出したばかりの私が、誘われたテレビ関係者のパーティで、人脈を作ろうと必死になって、いろいろな人に積極的に話しかけている。

たくさんの名刺がもらえて嬉しそうな私。パーティ用のドレスに身を包み、久しぶりにヒールも履いて、お酒を飲んでちょっといい気持ちで、我が子の存在なんてすっかり忘れている。

ここが私の本当の居場所。子どもがいても、仕事をいくつもこなしているのだと、内心で、少しばかりいい気になっている。

初めて会ったプロデューサーやディレクターから、

「ぜひそのうち、一緒にお仕事がしたいですね」

なんて言われると、期待に胸が膨らみ、喜びで飛んでいけそうだ。楽しさのあまり、時間を忘れて満喫しているうちに、二次会の誘いがかかる。もちろん行きます。二つ返事で答えて、夜の街へ繰りだし、洒落たバーで一杯二杯と重ねる。

まだ若いディレクターに、「僕、美汐さんならいけるなー」などと軽口を叩かれて、二十代の若やぎを失いつつあった私は、ちょっと気持ちが傾いている。

——私まだ、「女」としていける？　誘われたら、ついていっちゃうかもしれない。

これは浮気だろうか？

一瞬そう思っただけでも？

でも楽しい時間も、一時間もすれば色あせてくる。私はだんだんそわそわとしてきて、そっと席を立ち、同行してくれていた逢坂さんの耳元で、

「あの、そろそろ帰りますね。子どもが心配で……」

と囁いている。

逢坂さんはにっこりして、大丈夫ですよ、このまま行ってくださいと了承してくれたから、私はほっとして、店を出て、我が家へと帰っていく。

家に着いた時間は遅く、悠はもちろん、晶くんも寝ていた。

着替えもせず、私は妙に焦った足取りで寝室へ入り、悠の顔をそっと確かめる。

そうしてぐっすり眠る悠の姿に、安堵の息をついている。我が子のそばに座り、私はしばらくの間、飽かずにその寝顔を見つめていた。

＊　＊　＊

脳裏を流れる映像が、また変化した。

三歳の悠が、キッチンにいる私の足にまとわりついて、「あそこにうみがあるから、ママ、おさんぽいこ」と言っているところ。

晶くんが休日出勤でいない、土曜日のことだった。

三十六歳の私が、なんのことだか分からない顔をして、悠が食べたばかりのお昼ご飯の皿を片付けている。

「海があるの？　どこに？」

家の周りに海はない。あるのは田畑ばかりなので、おかしいなと首をひねっている。悠は前年の沖縄旅行で初めて海を見て以来、海に興味津々だ。

私はエプロンをはずし、「うーん、どこのことか分からないから、ママに教えてくれる？」と訊くと、悠はぱっと笑顔になって、「ゆうくんおしえるからママ、おさんぽ」と手を伸ばした。

私は笑いながら、たまにはこんな散歩もいいかと、悠と二人で家を出発する。あっち、あっちで見た、と言う悠の指示に従って近所をぐるぐる回るけれど「海」らしきものはなに一つない。悠は「ぜったいうみにいく」という強い意思があるわりに、歩くのに疲れて抱っこをせがみ、私は三歳の子どもを抱いたまま三十分も歩かされているものだから、だんだんイライラとしてくる。

てっきりコンビニかなにかに海のポスターがあって、悠はそのことを言っているのだろうと思って出てきたのに、そうではないらしい。

「ああもう、ママ疲れた！　帰ろうよ！」

苛立って言う私に、悠が「やだ、やだ、ママあっちいってあっち」と要求する。

「そんなに行きたいなら悠くん自分で歩いてよ！」

怒る私に、悠がぐずぐずし始める。面倒くさいなあ。なんでこんなに頑固なの、と私は内心で怒っている。

これは、子どもに従順を強いている？

でもため息をついて、ふと立ち止まった路地で私はハッと眼を見張った。

わりと立派な平屋のお庭に、ヤシの木が二本、並んでいるのが見えたからだ。

「悠くん。悠。もしかして海って、あれ？」

私が指さしたヤシの木を見上げて、ぐずぐずと泣いていた悠が、涙も忘れて「これだー」と声をあげた。

「これだー、ママ、これだよー」

舌足らずのこれだよ、は、こえだよ、に聞こえる。怒っていたのも忘れて、私は笑っている。

ヤシの木を見て、沖縄の海に紐づけたのだろう、悠の発想がかわいくて面白かった。

それまで感じていた面倒くささも、苛立ちも、悠が不思議そうに「あれ、なんでうみないの？」と言うだけで、吹き飛んでいた。

＊　＊　＊

浮かんでは消え、消えては浮かんでいた映像は、三歳の悠との記憶を最後に見えなくなった。暗闇が、私の思考を飲み込んでいる。

ぽつり、ぽつり。闇の中から、問いかける声がする。

――私も、お母さんとそれほど変わらなかったんじゃない？

そうだね。そうかもね。と、私は返す。

――うん、私も、私のお母さんとたいして変わらなかった。

私も、「良妻賢母」ってやつじゃなかった。

幼いころ、母にそうあってほしいと思った四字熟語は、長ずるにつれて腹立ちの対象になった。女性に性役割を求める社会を憎んだし、結婚や出産を経験しない女を半人前扱いするような人に出会うと、嫌悪した。

子どもを産んでも、私の人生は私のもの。だから好きに生きる。私はそう思って、そのとおり生きてきた。

でも、そのことで喜びを感じるどころか、年々後悔と罪悪感にまみれた。

私が、「私のほしかったお母さん」を悠にあげられなかった。そう、思っていたから。

おかしな話だ。

世の中の言う「いいママ」って、なんだろう。

いつも家にいて、ずっと子どものそばにいて。たくさん抱っこしてあげて、心配してあげて、自分のことなんて構わずに、子どもにこれでもかと関心を持って。仕事があっても子どもが最優先で、ワンオペでも堂々と育てきり、毎日手作りの料理を作って、九時には寝かしつけて。そしてできれば、一人より二人、二人よりは三人産んで。

社会のどこかに、それをよしとする風潮があることは、うっすらと感じていた。

正直言って、「いいママ」になりたい私でさえ、「いいママ」という言葉にうんざりしている。でも私が幼いころほしかった「良妻賢母」の言葉に託したお母さんは、社会が押しつけてくるママ像とは違った。

私はただ、自分を愛してくれるお母さんがほしかっただけだ。

いつの間にか、世の中の理想の母親像みたいなものと、私の中の「小さかったころに、ほしかったお母さん」がごっちゃになって、私に迫ってきていた。

私は私を、いい母親だと思ったことがないし、「ちゃんと」してないと思うし、これから先もそれはずっとそうなんじゃないか、と思う。

二人、三人と子どもがほしかったけれど、私は怖かったから、二人めも、三人めも産めなかった。

それは悠一人すら「ちゃんと」育てられていない、という罪悪感があったからだけど、もっと言えば、私は自分のお腹にいたかすら分からない、ヨーコを産まなくてよかったと思っていたから、これ以上子どもを育てていく自信がなかった。もし次に授かるのが女の子だったら、私は母が私にしたように、その子を傷つける気がして怖かった。

とはいえ悠のことも、散々に傷つけてきたと思う。

子育てを「やり直し」てみても、私は結局変われなかった。

「いいママ」になれなかった。

でも私が悠に与えたかったママは、なにもかも完璧にできるママではないのだと思う。

私はただ、私が悠を愛していることを、悠に分かってほしかった。その証《あかし》がほしかった。

本当は「いいママ」じゃなくて、ただ、悠を愛している、悠のママになりたかった。

私が私に望んだものは、私が母に望んだものと、まるで同じじゃない？

今になって、そう気づく。

実体の見えない「愛」というものの証拠を、私は母からほしがり、悠にも与えたがっていた。

愛を受け取ったという証に、悠から……あの一輪のチューリップが、ほしかったのだ。

本当のところ。

卒園式のあの日、悠が晶くんにチューリップを渡したとき。私は思ったのだ。

やっぱり私は、母が私を傷つけたように、どこかで悠を傷つけて育てたのではないかと。

疑いだしたら、キリがなかった。悠が私の愛情をどれくらい信じていて、私といるときに安心していられるのか、その心をこじ開けて確かめることはできない。

その不安の中で振り返ってみれば、私の生き方は、突き詰めれば常に家庭から出たがっていた「母の望んだ道」を歩いているに過ぎず、言ってみたら「母が選ばなかったもう一つの未来」をただ、選んだだけにも思えた。つまるところ、どれほど過去の母を恨んでも、私も母と似たような存在だということだ。

それでももし希望があるのだとしたら。

それは私の、一番古い記憶。

まだ弟が生まれる前に、母と手を繫ぎのどかな道を歩いていた思い出。鮮明に覚えているわけでもないのに、見上げた先に母の笑顔があったように感じている。その記憶に付随する感情は、いつだって幸福感だ。

幼い悠を育てていたころ、ふと気づいたことがあった。

悠との思い出が一つ増えるごとに、「これを覚えているのは私だけだろうな」と思った。

幸せな思い出も、大変だった思い出も、子どもは四歳以前の記憶はいずれほとんど忘れてしまうから、私と悠の間だけで起きたことは、いつしか悠の中からは消え去ってしまう。そしてただ、私だけの思い出になって残る。

アルバムにも、クラウド上にも残らない形のない記憶は、それでも、私が持っているこの世で一番大切な秘密だった。

私は一人でいるときに、時々その秘密を取り出して眺める。胸にしまった小さな宝物を、誰にも見せずに愛でるように。そしてそんなときはいつも、悠への愛しさを深く感じる。その瞬間だけは、たぶん私はまぎれもなく「母親」だと思う。

そして私と母の間にも、その秘密の時間は確実にあったのだ。

私と母だけの時間。母だけが覚えているだろう秘密。

母はそのころでも、私に関心なんて、なかったかもしれない。

でももしかしたら、私が母の膝に乗ったら、母は私を見て笑い、抱き上げてくれた——そんな時間があった可能性だって、おおいにある。

私は知らないのだ。永遠に知ることはない。

母が死んだとき、私は安堵した。

悠を傷つける前に、死んでくれてよかった。

そう思ったことはまぎれもない事実だけれど、それでも、時間が経ったあとで、私は同じくらい強く、思うことがあった。

ＩＣＵのベッドで寝ていたとき、私が呼びかけたら母は急に動き出した。医者とナースが慌てて母を押さえつけた。また暴れたら母の病状が悪化すると言われたので、私はそれ以降母を見舞っても、一声すらかけられずにただ寝顔を見て帰っていた。

だけど、せめて。

医者がベッドの枕元に親族を集めて、心臓が止まったことを確かめ、ご臨終です、と言ったあの瞬間。心臓が止まっていても、聴覚はしばらく働いていると聞いたことがあったのだから、あのときくらい、母の体に飛びついて言えばよかった。

――お母さん！

お母さん、私のこと、愛してた？

私はね、お母さんを、愛してたよ――。

皮肉なことに、母が死んでから気づいた。

私が母の愛を疑っていた間、母はどうだったのだろうと。母も、私の愛を疑っていたのじゃないだろうか。

私が悠から愛されていることに、自信がないのと同じように……。

本当は、どんなにやり直したって意味などないことを私は知っていた。

だって私が愛しているのは、結局のところ私が「いいママ」になれないまま育てた、たくさんの足りないところがある、それでも愛しい七歳の悠で、そうではない悠を、私は本当はちっとも、ほしくないのだ。

時々、私は死んだ母に呼びかける。

――お母さんあのね。お母さんが死んだとき、私はずっとお母さんに傷つけられて生きてきたし、死んでくれてよかったとも思った。それでも、もしまた誰かの娘として生まれてくるのなら。

次もまた、お母さんがいいって思ったよ。私のお母さんは、やっぱりお母さんがいいって。

……私が、お母さんを心から愛しているから。

できることなら悠にも、そう思われたい。どんなに足りない母親でも、悠のママは、私でよかったのだと言われたい。せめてそのくらいには、私は悠の母親でありたい。そう思う。願っている。ただ、ひたすらに。

四十歳、今の私

意識が浮上していくとき、私は一つの光景を見た。

仕事部屋でプロットと、シナリオの草稿を読んでいる私の記憶。書いたものをためつすがめつしたあと、苦笑して「駄目ね」と呟いて、プリントした紙を破る。

破られたプロットには、「子育てに後悔のある母親が、時間をさかのぼり、育児のやり直しをする」と書かれていた。

そこでやっと、「ああ、私は今まで、自分の書きかけのドラマをなぞっていたのか」と気づく。

気づいたあとに視界へ光が差し込み、私はゆっくりと目を開けた。そこには複数の人物の像が、ぼやけて映っていた。

「美汐ちゃん！」

「ママ！」

「先生を呼んできて、先生を」

騒がしい声が続いて、朦朧《もうろう》としているうちに、やってきた医者に脈をとられたり、よく分からない質問をされたりした。意識がはっきりしてきたころに、「今のところ異常はありません。

明日、再度検査をしましょう」と言って、医者は去っていった。

私は病院のベッドに横たわっていた。

大きな怪我はしていなかったが、頭に包帯が巻かれていた。腕には点滴が刺さっている。体は怠くて力が入らないけれど、たぶんほぼ健康だろうと直感した。

「美汐ちゃん……急に倒れて、頭をテーブルの角にぶつけたんだよ。医者にはただの貧血で、頭も切れて血が出ただけって言われたんだけど……三日間、眼を覚まさなかったんだ」

ベッドサイドに座っている晶くんに言われて、ハッとした。

「ゆう、ゆうは？」

声がかすれて上手く出ない。不安で冷たい汗が出る。悠は無事だった。

七歳の悠は枕元に立っていて、

「ママ、ごめんね……ごめんね」

と謝りながら、その大きな瞳からぽろぽろと涙をこぼしていた。悠の無事な姿を見て体から力が抜けていく。悠は悪くない。謝るのは私だ。その一方で、こんな泣き方するようになったのね、となぜか思う。小さいころは、顔をくしゃくしゃにして泣いていたのに。

でも、私には今の悠の泣き顔が、愛しい。

「悠が、救急車呼んでくれたの？　怖かったよね」

ぐす、ぐす、とトレーナーの袖で涙を拭いながら、悠がこくりと頷く。

そっと手を伸ばすと、悠の小さな手が私の手を受け止めてくれた。私の手の中に、ぽっと灯る悠の体温。触れても怖がられずにすんで、私は胸に、言いようのない安堵が広がるのを感じた。同時に、深い愛しさも。

巻き戻ったと思った時間の中、一歳の悠を育てなおしていても——私はいつだって、七歳の悠を思い出していた。七歳の悠を恋しんでいた。内気で、運動も苦手で、友だち付き合いも下手で、支援クラスを勧められる。だけど優しく素直で、私には誰より愛しい子。私には、やっぱりこの悠がいいと思えた。これ以上、私にとって完璧な悠はいない。それはこれまでも、これからも一生そうだと思う。

そしてこの悠を育てたのが私なら、もちろん、悠の胸ぐらを摑んだことは絶対に許されないけれど、少なくとも……私が悠の母親でいることくらいは、自分で自分に、許してあげてもいいのではないか。そう思う。

無償の愛など、私にはない。「いいママ」にも一生なれない。

果てしなく愛しさを感じた直後に、つい強く叱ってしまうこともある。それがいいとは思わない。

でももう、チューリップがもらえなくても構わないことを、私は知った。私がほしいのは称号ではなくて、ただ、悠が私のそばで、安心していること。それだけだと分かったから。

「悠……ごめんね。ママ、悠にひどいことした」

首を絞めるつもりはなかった。けれど、もしあのまま私が悠を殺していても、私は驚かない。

私はいつでも、ぎりぎりの縁に立てる。子どもを愛する場所から、子どもを殺せる縁へ、気をつけなければどんなときでも、一足飛びに行くことができる。「たかだか」「ほんの些細な」……ちっぽけな不安と孤独が、私の手に暴力を与えようとする。

泣きたくなったけれど、今泣く資格はないと思って、ぐっと涙をこらえた。

「ママの言うこと、信じられないかもしれないけど、もうあんなこと二度としない」

許してほしい。懇願を込めて悠を見る。許されなくても仕方がないと思っている。でも悠は「大丈夫だよ」と言った。

最後の涙をぐいと拭った悠の眼には、嘘も曇りもなかった。

「ママが僕のこと、大事なの知ってるから」

瞬間、私は泣いていた。どっと涙がこぼれ、悠に向かって腕を広げた。悠が私に応えて、体を預けてくれる。細い子どもの体を、強く抱きしめた。

——ママは悠が大事。

それさえ悠が知っていてくれたら、もうなにもいらない。

抱きしめた悠の頭頂部からは、懐かしい匂いがした。甘やかな、愛を掻き立てられる匂い。もう、赤ちゃんのころの匂いは探さない。思い出の中の悠より、今の悠が私には大事だ。

「美汐」

私がやっと泣き止み、悠が私の上から下りたころ、横から声をかけてきた人がいて驚いた。田舎にいるはずの父が立っていたからだ。

晶くんが父に席を譲る。私がびっくりしていると、父は、

「そりゃ来るじゃろう、三日も意識不明って聞いたら」

と、笑いながらここにいる理由を説明してくれた。

「お母さんのときのこと、思い出したぞ」

父の言葉で、すぐにそれがＩＣＵに入っていたときの母のことだと分かる。父は目覚めない私に、母の死に際を重ねていたのだろう。それは、辛かっただろうな。そう思いながらも、やたらとシリアスになるのも違う気がして小さく笑い、

「私はお母さんと違うけん。声かけられても、いきなり暴れたりせんかったじゃろ」

そう冗談を言った。父は微笑み、それから冗談を返すように続けた。

「なに言うとる。誰かが呼びかけて、お母さんが暴れたんはお前のときだけやったんぞ。わしが呼んでも、幸人が呼んでも寝とったんじゃけ」

私は自分の顔から、笑みが消えていくのを感じた。

「お母さん」と呼んだとたんに、麻酔で意識がないながらも、突如蘇った亡者みたいに力強く動き、私に向かってこようとしていた——母を覚えている。あの一瞬、私は母の、強い執念を感じていた。

そっか、と私は呟いた。そっか。私の声にだけ、お母さんは起き上がったのね。

それが意味するところがなにかは、私には分からない。

気がつけば、悠が不安そうな顔で、私を見ている。安心させたくて、悠の手を握った。七歳の手のひらはぽかぽかと温かい。

「悠、あのね、ママ……長い夢を見てたの。悠が赤ちゃんでね」

ぽつぽつと言う私の話に興味をひかれたのか、悠が「えっ、じゃあママは、夢見てたから起きなかったの？」と訊いてくる。

その顔にはもう不安も、後悔も悲しみもなくなったのを見て、私は胸が緩む気持ちで「そうだよ」と笑った。

「ふうん。じゃあ元気になったら、ママ、その夢をシナリオにするといいよ」

悠がなんの気負いもなく、当たり前のことみたいに言う。

私は思わず、苦笑した。

「だよね、ママっていつも仕事してるもんね」

「うん。いいじゃん、ママは書くの好きなんだから」

私が私を受け入れるよりもずっと真っ直ぐに、悠は私を受け入れてくれている。私が何度でも母を許したように、悠も同じなのかもしれない。

それでも一つだけ、覚悟しておこう。もし私が「悪いママ」だったら。

そのときは、悠が私を愛さなくなっても、受け止めることを。悠が私から離れていったときが、私が「いいママ」だったか、「悪いママ」だったか、分かるときじゃない？

それで言えば私の母は——ちっともそう思えなかったけれど——私にとっては、「いいママ」だった。少なくとも死ぬまでに、私は母から離れなかったし、今もまだ愛している。だからといって母のすべてを許しているわけではないけれど。でも、それでいいんじゃない、と思えた。

母の育てたこの私を、やっぱり私も私なりに、大事に思っているのだから。

そんなことを考えながら、私は悠の眼を見て、笑った。

「うん。そうする。元気になったら、ママきっと、この夢の話を書くね」

悠は私の答えを聞くと、満足げに、にっこりと大きく笑った。

本書は書き下ろしです。原稿枚数四一九枚（四〇〇字詰め）。

〈著者紹介〉
樋口美沙緒（ひぐち・みさお）
沖縄県出身、東京都在住。作家。2009年『愚か者の最後の恋人』でデビュー、BL作家として人気を集める。著書に『愛の巣へ落ちろ！』をはじめとしたムシシリーズ、「狗神の花嫁」シリーズ、「パブリックスクール」シリーズ、「ヴァンパイア」シリーズなどがある。

装丁　岡本歌織（next door design）
装丁コラージュ　Q-TA

ママはきみを殺したかもしれない
2023年2月20日　第1刷発行

著　者　樋口美沙緒
発行人　見城 徹
編集人　菊地朱雅子
編集者　三宅花奈

GENTOSHA

発行所　株式会社 幻冬舎
〒151-0051 東京都渋谷区千駄ヶ谷4-9-7
電話：03（5411）6211（編集）
03（5411）6222（営業）
公式HP：https://www.gentosha.co.jp/

印刷・製本所　株式会社 光邦

検印廃止

ISBN978-4-344-04078-6 C0093